KB134301

쓰다 보면
보이는
─── 것들

만들어 준 글쓰기 나의 삶을 투명하게

진아·정아·선량
마음을 나누고 함께 씀

"글은 관계 위에서 써지고 관계를 향해 뻗어갑니다. 여기 여자 셋이 모이면 책을 쓴다고 말하는 사람들이 있습니다. '우리가 글쓰기를 말해도 될까요?'라며 망설이는 사람들의 다정하고 귀여운 글쓰기 책. 유명한 글쓰기 책들이 멋진 정장이나 힙한 캐주얼 같다면 이 책은 편한 속옷 같습니다. 비틀거리는 발자국이 아직 따뜻한 이야기들을 읽으면서 분명히 당신도 이들처럼 글을 쓰고 싶어질 것입니다. 많은 이들이 그렇게 부담 없이 쓰면서 나를 보고, 곁을 보고, 함께 걸어갈 길을 보게 되기를 응원합니다."

－이진민 작가
《아이라는 숲》,《다정한 철학자의 미술관 이용법》

"모든 이야기는 한 줄에서 시작한다. 그 시작은 어느 날 주고받은 사소한 한마디 말에서 시작되기도 한다. 그 모든 순간에 글쓰기가 힘이 되어 줄 수 있다고 말하는 사람들이 있다. 첫 한 줄을 쓰는 용기, 뒤죽박죽 조각난 글을 마주할 용기, 부끄러운 마음을 내려놓고 나의 글을 세상에 내보일 용기. 우리 모두는 내 삶의 작가다. 자신의 이야기를 적어나가는 모든 사람에게 용기와 희망의 메시지를 전달해 줄 것을 믿어 의심치 않는다."

— '마마 몽키' 작가

영어교육 콘텐츠 크리에이터, 《엄마의 영어 대화의 기술》

　"멈추지 않는 꾸준함과 글로 남기는 마음을 좋아한다. 계속하는 쓰기가 만들어낸 이 책을 사랑하지 않을 수 없다. 읽고 나면 몹시 궁금해져 누구든 쓰게 만들 책. 매력 넘치는 세 작가를 충분히 느끼기엔 짧다. 각각 펴낼 다음 작품을 기대한다."

— 홍석준 작가

《퇴사라는 고민》, 《아빠 육아 업데이트》

1장 쓰다 보면 내가 보입니다

12 어두운 방 안에서 별안간 숨이 막혀 왔습니다

16 나와 연결되는 글쓰기를 시작했어요

20 글쓰기에는 특별한 무언가가 꼭 필요할까요

28 글쓰기가 이렇게 재미있을 줄이야

34 재미를 넘어 의미를 찾아갑니다

38 글쓰기와 요가의 상관관계를 아시나요

44 글쓰기라는 대나무 숲에서 '나'를 외칠 때

50 "국어교사라서 글을 쓰시나 봐요"라는 말에 대하여

56 얘들아, 이번 시간에는 글 쓰자

60 한 편의 글을 넘어 책이 되는 글을 쓰기까지

70 퇴고가 꼭 필요할까요

78 나만의 문체를 만들기 위하여

84 출간 이후 '나'의 세계에 일어난 변화

88 글쓰기, 나와의 연결을 넘어

2장

쓰다 보면 곁이 보입니다

94   종이 밖을 뛰쳐나온 글쓰기
100   글의 귀천을 따지지 말라
108   댓글도 글이더라
114   이제 입방정 그만 떨고 글방정 떨자
118   관종임을 인정하기까지
122   쓰면 쓸수록 느는 건 글밖에 없어
130   글도 화면빨을 받는다
136   내가 하고 싶은 말을 네가 읽고 싶게 쓴다
142   결론은 없어도 된다
146   앞면과 뒷면이 같은 글쓰기
152   서로 다른 생각이 부딪히는 일, 건배
156   우리는 서로의 독자입니다
162   혼자만 보고 싶은 글도 있다
166   조금은 괜찮은 내가 된다

3장   쓰다 보면 길이 보입니다

172   꾸준함의 결과

176   나를 위해 충분히 쓰고 나면

182   글의 바다에서 만난 것들

190   조금 더 멀리 쓰기 위하여

198   모든 경험은 소중합니다

206   새로운 세상으로 나아가기 위해 필요한 것
        호기심과 실행력

212   다시, 쓰는 사람이 되기까지

218   비밀스러운, 하지만 진실한 만남

226   함께 쓰는 이유

236   가족 앞에선 한없이 작아집니다

242   SNS 세상에서 필요한 것, 진심

250   시간과 공간의 차이를 넘어선 글쓰기

256   전공자가 아니라는 늪에서 벗어나기

264   함께 쓰는 사람들

4장 마음을 연결하는 글쓰기

진아
272 줌(Zoom)에서 만날까요
278 우리가 글쓰기를 말해도 될까요

정아
282 부러우면 지는 건데 질 수가 없네
286 여자 셋이 모이면 일어나는 일

선량
290 마음의 방향이 같은 사람
296 글 친구가 있다는 것

진아

쓰다 보면 내가 보입니다

어두운 방 안에서
별안간 숨이 막혀 왔습니다

아직도 생생히 기억납니다. 초록빛 비상구를 향해 달려야겠다 결심하던 순간이요. 그날, 그 밤, 그 방 안에서 숨이 조여오던 그 기분. 호흡이라는 무의식적인 행위가 의식의 영역으로 넘어오던 순간의 공포. 제게 글쓰기는 그 감각으로부터 벗어날 수 있는 유일한 비상구였습니다.

'내가 좋아하는 것은 무엇인가.'

'내가 잘하는 것은 무엇인가.'

'나는 어떤 사람인가.'

'나는 누구인가.'

'나'에 관한 질문들, 자주 고민하고 물어야 했습니다. '나'로 태어나 '나'로 살아가는 동안 그보다 중요한 질문은 없을 테니까요. 안타깝게도 삼십 대 중반까지 저는 그런 질문을 할 생각조차 못했어요.. 한부모 가정에서 엄마의 사랑과 기대를 동시에 받고 자란 큰딸이었고, 가정형편도 어려웠어요. 입시를 잘 치러 좋은 대학에 가야 했고, 안정적인 직장에 취업해야 했으며, 늦지 않은 나이에 결혼해야 했어요. 대놓고 그래야 한다고 압박하는 사람은 없었지만, 어렴히 그래야 한다고 생각했습니다.

감사하게도 '나'에 관해 깊이 고민하지 않아도 그럭저럭 괜찮은 삶이었어요. 때마다 미션처럼 주어지는 일들 (입시, 취업, 결혼 등)을 무사히 해냈고, 많은 이가 '너 정도면 잘하고 있다.'라고 말해주었거든요. 의심할 여지 없이 잘 살고 있다고 생각했습니다. 시련은 전혀 예상치 못한 순간에 찾아왔어요.

결혼 후 이내 아이를 가졌습니다. 그리고 보니 임신과 출산까지도 별다른 어려움 없이 '제때' 해냈네요. 자연스러운 수순으로 출산휴가에 이어 육아휴직을 썼습니다. 사회관계는 일시 정지되었고 저를 찾는 이는 오직 아이, 제가 찾는 이도 오직 아이이었어요. 모든 욕구의 방향을 아이를 향해 재설정했습니다. 시간과 공간은 물론이고 머리와 마음도 전부 내어 아이에게 주었습니다. 충분히 사랑했고, 더없이 사랑받은 시간이었죠.

아이가 자라는 모습을 보는 것만으로도 축복이라 여길 만큼 행복했습니다. 아이는 조금씩 자라는 듯했지만, 어느 순간 보면 훌쩍 자라 있기도 했어요. 그 순간들이 아쉬워 육아일기를 썼습니다. 감격스러운 아이의 성장과 변화를 행여 잊을까 봐 강박적으로 기록했어요. 시공간, 감정과 생각에 이어 언어까지 모두 아이를 위해 썼습니다.

별다른 갈증을 느끼지 않았어요. 아니, 그렇다고 생각했습니다. 가끔 원인 모를 공허함을 느낄 때면 '배부른 감정'이라고 생각했어요. '이토록 어여쁜 아이를 두고, 이 정도 안정적인 환경에서 살면서 감히 공허하다니! 배가 불렀구나, 불렀어!' 자신을 막다른 길로 몰아세웠죠. 무언가 허전하다는 느낌이 드는 게 부끄러울 만큼 사치스럽게 느껴졌어요.

드문드문 찾아오는 공허함을 막을 도리는 없었습니

다. 공허함이 우울함으로 바뀌기까지 그리 오랜 시간이 걸리지 않았어요. 그때 저는 굉장히 당황했던 것 같아요. 우울함을 인정하지 못하고, 오히려 더 행복한 척 저를 가장했습니다. 그날도 그렇게 어영부영 제 안의 우울을 회피하며 잠자리에 든 날이었어요. 바로, 그 밤이었습니다.

암막 커튼까지 쳐져 빛이라곤 손톱만큼도 볼 수 없던 방안에서 별안간 가슴이 답답해졌습니다. 이내 숨이 막힌다는 느낌이 들더라고요. 평소 의식하지 않았던 호흡을 의식해야만 했어요. 그 순간 제가 느낀 감각은, 우울이 아니라 '공포'였어요. 이대로 숨이 막혀 죽을 수도 있겠다는 생각, 아니 생생한 감각이었습니다.

아이가 잠들자마자 방 밖으로 뛰쳐나왔습니다. 꽤 추운 날이었는데, 창문을 열고 앉았어요. 숨을 고르고 마음을 진정하려 애썼어요. 이런 게 연예인들이 말하는 공황 같은 건가, 잠시 생각했습니다. 그때부터 달라졌던 것 같아요. 지금 내가 겪는 힘듦, 내가 느끼는 우울을 제대로 바라봐야겠다는 생각이 들었습니다. 관망하지 않고 직면해야겠다 생각했어요.

'나'를 찾는 글쓰기는 그렇게 시작되었습니다.

나와 연결되는
글쓰기를 시작했어요

매일 쓰던 육아일기 대신 제 마음을 글로 써보았습니다. 이전의 일기에도 '힘들다.' '지친다.'라는 넋두리가 있었지만, 명확하게 제 마음을 표현하지는 못했더군요. 마구 써봤습니다. 단어도 고르지 않고 앞뒤 문맥도 전혀 고려하지 않은, 날 것의 문장들이 쏟아졌어요. 차마 입으로는 뱉지 못했던 욕설도 섞여 있었어요. 더는 쓸 것이 없겠다고 생각한 순간, 채 끝맺지 않은 문장에 마침표를 찍으며 옅은 해방감을 느꼈습니다.

아이를 보는 게 힘들다고 생각했지만, 더 깊은 곳에는 사회관계의 단절에서 오는 외로움이 있었습니다. 남편과 육아를 제대로 분담하지 못하고 있다는 억울함이 있었고, 익숙하지 않은 가사 노동과 육아에 지친 몸과 마음이 있었어요. 나 때문에 아이가 잘못될지도 모른다는 두려움도 있었죠. 수면 가장 아래에 다다르자, '도대체 이 생활 속에서 '나'는 어디로 사라졌을까?'라는 의문이 들었습니다.

엄마였지만 그 이전에 '나'였어요. 엄마는 제게 부여된 새로운 역할일 뿐 저의 전부가 아니었습니다. 그런데 마치 전부인 것처럼, '나'를 완전히 내려놓은 채 엄마로만 살고 있었던 거예요. 이대로는 안 되겠다는 결심이 섰어요. 어떻게든 흐려진 나를 찾고 싶었습니다. 나를 생각하고 싶었고, 나를 이해하고 싶었으며, 나를 더 많이 사랑하고 싶었어요.

'나는 어떤 사람일까.'

그 뒤로 자주 물었습니다. 생각이 모이면 단 한 문장이라도 좋으니 메모했어요. 이전에 하던 일이나 앞으로 하고 싶은 일, 중요하게 생각하는 가치, 좋아하는 것과 싫어하는 것, 그날 읽은 책의 구절 등도 끼적여보았어요. '나'에 관한 본질적인 질문들로 시작했지만, 제게 부여된 여러 역할 고민도 무시할 수 없었습니다. 아이들과 놀다가도, 식사를 준비하다가도, 빨래를 개다가도, 휴대전화의 메모장을 열었습니다.

아이들이 잠든 깊은 밤이면 파편처럼 흩어져 있는 단어와 문장을 글로 엮었어요. 아이들의 성장과 변화를 기록하기에 바빴던 육아일기는 조금씩 제 마음과 언어를 담아내기 시작했습니다. 독자는 오로지 나 한 사람이었지만 아쉽지 않았습니다. 누구에게 보이기 위해 쓴 글이 아니었으니까요. 애써 남기지 않으면 기억하지 못할 생각과 감정을 기록하고 싶었어요.

풀 한 포기 없는 이 길을 걷는 것은
담 저쪽에 내가 남아 있는 까닭이고

내가 사는 것은, 다만
잃은 것을 찾는 까닭입니다.

윤동주, 길

시인의 문장처럼 잃은 '나'를 찾기 위해서 글쓰기를 시작했습니다. 담 저쪽에 남아 있는 '나'와 연결되기 위해, 풀 한 포기 자라지 않는 길을 걷고 또 걸었습니다. 지금의 제 글쓰기는 조금 더 넓은 세계를 향해 나아가는 중이에요. 글로 연결된 사람들이 생기고 그들과 연대하면서 담 저쪽의 제가 조금 더 분명하게 보이기 시작했거든요.

글쓰기에는
특별한 무언가가 꼭 필요할까요

본격적으로 글을 쓰게 된 계기는 '나'를 찾겠다는 꽤 철학적인 이유에서였지만, 달리 보면 단순한 이유이기도 했습니다. '나'와 연결되고 싶다는 내면의 목소리를 받아 낼 그릇이 필요했고, 그 도구로 글쓰기만한 것이 없었으니까요. 육아에 매인 몸이라 이동이 자유롭지 않았고, 여유도 부족했습니다. 글쓰기는 여러모로 제약이 적었어요. 준비물이라고 해봐야 휴대전화의 메모장이 전부였고, 일정한 시간을 정해놓고 매달리지 않아도 시도해 볼 만했죠.

그러나 이런 생각에 동의하지 않는 분들도 꽤 많았습니다. 아이를 키우며 글을 쓰는 저를 대단한 사람으로 치켜세우는 분들도 많았고요. 책을 낸 이후에는 그 치켜세움이 민망할 정도였어요. 저에게는 가장 쉽게 접근할 만했던 글쓰기가 누군가에게는 왜 그토록 대단하게 보였을까요.

많은 분이 '글쓰기'를 특별한 이들의 영역이라 생각합니다. 지인들에게 글쓰기를 권했을 때 가장 많이 들은 말이 '쓸 게 없다.'와 '어떻게 써야 할지 모르겠다.'였어요. 그 말의 숨은 뜻을 생각해보면 글로 써낼 만한 '특별한 경험이 없다.' 혹은 '글로 써낼 특별한 재능이 없다.'는 말이었습니다. 정말 글을 쓰려면 특별한 무언가가 있어야 하는 걸까요?

오래전부터 일기를 썼어요. 결혼 전부터였으니 십 년쯤 되었네요. 매일 쓰던 때도 있었지만, 일 년 가까이 쓰지 못한 때도 있었어요. 그래도 제게 글쓰기의 출발을 묻는 분들이 있다면 십 년 전의 일기부터 말씀드리고 싶어요.

삼십 년 가까이 엄마 그늘에서 살다가, 취업을 하면서 처음으로 독립했습니다. 대부분의 사회초년생이 그렇듯

작은 원룸에서 시작했어요. 어찌 되었든 처음에는 마냥 좋았습니다. 나만의 공간이 생겨서 좋았고, 내가 돈을 벌어 원하는 대로 사는 것도 꽤 즐거웠어요. 그런데 그 마음이 오래가지는 않더라고요. 처음 하는 일은 힘에 부쳤고, 뜻대로 되지 않았어요. 혼자 맞는 밤은 자주 두려웠고, 종종 외로웠습니다.

마음을 둘 곳이 없어서 싱글 침대에 엎드려 두서없이 한두 문장 쓰기 시작한 것이 일기의 시작이었습니다. 희한하게도 쓰고 나면 좀 나아졌어요. 두려움은 덜해졌고, 외로움은 덜어졌습니다. 가끔은 용기가 났고, 스스로를 칭찬해주고 싶었어요. 그렇게 혼자 살던 5년 동안 꾸준히 일기를 썼습니다. 그 일기가 태교 일기로, 다시 육아 일기로 이어졌어요. 하지만 그때는 '글을 쓴다'고 인식하지 못했습니다. 그때까지만 하더라도 저 역시 글쓰기는 좀 더 특별한 일이라고 생각했던 것 같아요.

육아일기에 육아의 경험 대신 '나'의 마음을 털어놓던 날, 해방감을 느꼈다고 말씀드렸는데요. 그 감정이 저를 본격적인 글쓰기의 세계로 들어서게 한 것은 분명합니다. 하지만 돌이켜보면 그 바탕에는 오래 써 온 일기의 힘이 있었어요. '나'를 찾고 싶다고 생각했을 때 글쓰기를 떠올린 것은 우연이 아니었습니다. 글쓰기에 특별한 재능이 있어서도 아니고, 특별한 경험을 해서도 아니었어요. 매일 쓰던 일기장이 유일하게 나와 마주할 공간으로 인식되었을 뿐입니다.

이런 이야기를 친한 동생에게 했더니

"언니, 나라면 글을 쓸 시간에 친구랑 수다를 떨거나 드라마를 보거나 쇼핑을 하겠어! 언니는 도대체 무슨 에너지로 글을 쓰는 거야?"

라고 묻더군요. 수다 떨기, 드라마 보기, 쇼핑하기. 저도 이미 다 해봤지요. 아이 엄마가 된 친구들과 통화를 하며 넋두리도 해보고, 아이가 잠든 시간에 넷플릭스로 드라마 몰아보기도 수차례 했어요. 아이 물건을 왕창 사면서 언제 입게 될지도 모를 원피스도 사보고요. 그런데도 해소되지 않는 무언가가 계속 남아 있더군요.

글을 쓰면서 깨달았습니다. 수다를 떠는 일도, 드라마를 보는 일도, 쇼핑을 하는 일도 모두 발산보다는 수렴에 가까운 행위라는 것을요. 수다를 떤다는 건 내 이야기를 하는 것만큼이나 상대의 이야기를 들어줄 준비가 되어있어야 했어요. 내 이야기를 실컷 하더라도, 상대의 공감과 지지를 얻을 수 있을지 없을지 확신할 수도 없었고요. 어디까지 이야기를 해야 하고 어디까지 숨겨야 할지도 고민스러웠습니다. 드라마를 보는 일은 더 했어요. 드라마 속 인물들의 감정선을 따라가는 게 벅찼습니다. 내 감정도 해소가 안 되는데 타인의 감정에 공감하거나, 분노할 에너지가 전혀 없었어요. 쇼핑으로 무언가를 사들여, 가뜩이나 여유 없는 공간을 채워가는 일은 그 자체로도 숨 막히는 일이었습니다.

제게는 수렴이 아닌 발산의 도구가 필요했어요. 눈치 보지 않고 내 안의 감정을 꺼내놓을 시공간이 필요했고, 역할 속의 '나'가 아닌 본질적인 '나'의 이야기를 털어놓을 방법이 필요했습니다. 에너지가 남아서 그랬던 게 아니에요. 오히려 에너지가 너무 없어서, 에너지를 회복하려는 발버둥에 가까웠어요.

그러니 잘 쓰고 못 쓰고는 전혀 중요하지 않았습니다. 오히려 제게 필요했던 건 '나'를 마주할 용기였어요. 특별하지 않은 일이어도 직접 경험한 일이면 글감이 되었고, 특별한 재능이 없어도 제 마음을 온전히 담아내는 문장이면 충분했어요.

요즘도 역할에 몰두하느라 '나'가 흐려진 느낌이 들 때면 주저 없이 글을 씁니다. 하얀 종이는 아무런 평가도 하지 않고 그저 제 이야기를 담아내 줘요. 그렇게 쓰고 또 쓰면서 저는 저와 만나요. 누구도 대신 해줄 수 없는 깊고 진한 위로를 주고받으며 다시 '나'로 살아갈 에너지를 얻습니다.

일기로 시작하는 법

1. 하루를 돌아보았을 때, 느낀 '감정'으로 시작하기
2. 그 감정을 유발한 일을 최대한 구체적으로 쓰기
3. 어떤 일을 했다는 기록보다, 어떤 마음을 느꼈다는 기억에 초점 맞추기
4. 단어나 문장을 고르지 않고, 쓰고 싶은 대로 쓰기
5. 일정한 기간을 정해 이전 일기장 읽어보기 (한 달에 한 번, 석 달에 한 번 등, 당시에 힘들었던 일도 시간이 지나자 모두 흘러가 버렸다는 것을 알게 됨).
6. 일기장에 댓글 쓰듯 응원 문구 쓰기

쓰다 보면 내가 보입니다

글쓰기가
이렇게 재미있을 줄이야

　글쓰기의 시작은 운명과 같았지만, 지속은 다른 문제였습니다. 사랑의 시작이 운명적일 수는 있으나 지속에는 부단한 노력이 필요한 것처럼. 글쓰기를 지속하기 위해서는 새로운 자극이 필요했어요. 매일 수기로 쓰던 일기장을 정리하고 블로그에 일기를 쓰기 시작했습니다. 아무리 일기라지만 블로그는 공개된 공간이었어요. 일기장에 쓰듯이 쓸 수는 없었지요. 쓴 글을 여러 번 다시 읽으며 조금씩 정제된 글을 올리기 시작했습니다.

사진 한 장 없이 글만 써서 올리는 제 블로그에도 (극소수였긴 하지만) '이웃'이 생기기 시작했어요. 그들이 눌러주는 하트와 가끔 달리는 댓글은 글쓰기의 재미를 배가시켰습니다. 그러다 브런치라는 플랫폼을 알게 되었고, '작가'라는 타이틀에 반해 무턱대고 작가 신청을 했어요. 브런치 작가가 되었다는 메시지를 받았던 날, 마치 출간 계약이라도 한 것처럼 무척 기뻤습니다.

브런치에 글을 쓰기 시작한 초기에는 매일 글을 올렸습니다. 쓸거리가 넘쳐나기도 했지만, 소재가 없다면 만들어서라도 쓰고 싶었습니다. '작가'라는 타이틀은 '나'란 존재 위에 덮여 있던 망토를 단박에 걷어 내버린 마법 주문 같았어요. 누가 읽어주느냐 그렇지 않으냐는 큰 문제가 되지 않았습니다. 오직 진아라는 이름 앞에 작가라는 수식이 붙는 것만으로도 글쓰기가 너무 재밌었으니까요.

가까운 지인 몇 사람에게 브런치 주소를 공유했어요. 약속이나 한 듯 그들은 제 계정을 '구독'했고, 글을 발행할 때마다 '라이킷(좋아요)'을 눌러주었습니다. 얼마 뒤 처음으로 누구인지 짐작할 수 없는 분이 저를 '구독'했다는 알림이 떴어요. 얼마나 두근거리고 설레었는지! 전혀 예상하지 못했던 누군가에게 고백받았을 때의 기분과 비슷했다고 해야 할까요. 안 그래도 글쓰기가 재밌는데 그런 분들의 수가 조금씩 늘어가고 심지어 정성 어린 댓글까지 달리니, 글쓰기에 불이 붙더군요.

얼마 지나지 않아 돌아가신 할아버지 생각이 나서 글 한 편을 써 올렸어요. 그게 아주 대박이 났어요. 글 한 편에 '대박'이라는 단어를 쓰는 게 어쩐지 우습지만 당시에는 어지러움을 느낄 정도로 엄청난 일이었습니다. 글을 발행하고 얼마 지나지 않아 조회수가 천 명이 넘었다는 알림이 뜨더니, 이내 오천 명이 넘고, 만 명이 넘었어요. 당시 제 구독자 수는 채 백 명이 되지 않았고, 그나마도 절반 이상이 지인이었으니 만 명이라는 조회수는 가히 충격적이었습니다. 아이들을 보는 일에도, 밀린 집안일에도 집중이 안 됐어요. 오직 휴대전화에서 울리는 알림 소리에만 몰두했지요.

어찌 된 일인가 찾아보았더니, 한 포털사이트에 그 글이 올라가 있더군요. 그 후로 꽤 오랫동안 그 글은 브런치의 인기 글이었고 꾸준히 조회수가 늘어났어요. 덕분에 구독자도 늘었고 라이킷도 많이 받았죠. 지금까지도 제가 써 올린 글 중에 가장 많은 조회수를 기록한 글이에요. (찾아보니, 16만 명이 넘었네요!)

그 일로 나의 글이 타인과 연결되는 경험이 얼마나 짜릿한 일인지 깨달았어요. 지극히 사적인 그리움을 담은 글이었지만, 타인과 공유하는 순간 누군가의 그리움을 건드릴 수도 있다는 걸 알았죠. 기쁨을 넘어 감동적인 일이었습니다.

그 후로 아이들을 재우는 시간이 되면 아드레날린이 미친 듯이 샘솟았습니다. 아이들이 잠든 후 안방 문을 열고 나오는 순간이면, 꼭 다른 세상으로 들어가는 것 같았어요. 호그와트로 들어가는 비밀의 문을 여는 느낌이었습니다. 식탁에 앉아 하루를 돌이켜보기도 하고 지난 기억을 더듬어 보기도 하며 쓰고 또 썼습니다.

애써 만든 루틴은 아니었지만, 문득 돌아보니 루틴이 되어있었어요. 생활하는 내내 글감을 찾아 헤맸고, 아이들이 잠들고 나면 매일 노트북 앞에 앉았습니다. 일상을 쓰는 것으로는 쓰기 욕구가 다 해소되지 않아서 독서 노트를 쓰기 시작했어요. 아이들이 보석 같은 말을 던져줄 때면, 책을 읽다 좋은 문장을 발견할 때면 유레카를 외쳤죠.

제 글쓰기의 결말이 '그렇게 오래오래 행복하게 쓰는 사람으로 살았습니다'일 줄만 알았어요. 그때까지만 해도요.

브런치로 작가 되기

작가 신청하기

1. 작가 소개 쓰기: 최대한 구체적으로 씁니다. 특히 브런치에서는 해외 생활이나 특정 직업 세계가 드러나는 글을 선호하는 경향이 있으므로 그런 부분에 관해서 최대한 상세하게 씁니다.

2. 활동 계획 쓰기: 활동 기획서의 주제는 명확하게, 소재는 다양하게!

3. 활동하는 SNS 공유하기: 브런치를 시작하기 전에 인스타그램이나 블로그 등 특별한 신청 절차가 없는 SNS 활동을 활발하게 했다면 도움이 될 수 있어요.

4. 브런치에 글쓰기: 활동 기획서에서 밝힌 주제와

밀접한 글을 세 편 이상 씁니다. 분량은 A4 한 쪽 반 정도가 적당해요. 너무 긴 글은 가독성이 떨어지기 쉽고, 너무 짧은 글은 주제를 깊이 있게 다루기 어려울 수 있거든요.

브런치 메인에 잘 오르는 글

1. 외국어 공부 노하우
2. 브런치 플랫폼과 관련된 글(특히 합격 노하우)
3. 갈등 상황이 명확한 글(고부갈등, 부부갈등, 직장 내 갈등, 교우갈등 등)
4. 해외생활이나 해외여행에 관련된 글과 사진
5. 최근 사회적 이슈를 담은 글

재미를 넘어
의미를 찾아갑니다

　재미로 이어지던 글쓰기가 어느 순간 괴롭게 느껴진 것은 예상치 못한 일이었습니다. 그토록 재미있던 글쓰기가 갑자기 일처럼 느껴졌어요. 쭉쭉 늘어나던 구독자 수도 언젠가부터는 제자리걸음이었고, 무슨 글을 써서 올려도 할아버지에 관한 글처럼 주목받지 못했습니다. 안 써지는 글을 붙잡고 진짜 작가라도 된 것처럼 머리를 쥐어뜯는 게 한심하게 느껴졌어요. 누가 기다리는 것도 아닌데 습관처럼 글을 써서 발행하려는 노력이 우습기도 했고요.

　며칠 동안 노트북을 열지 않았습니다. 루틴을 만드는 데는 오랜 시간이 걸렸지만 깨는 건 순식간이더군요. 허무할 정도로 단박이었어요. 쓰지 않으니 편안했습니다. 고민도 줄었고 생각도 줄었어요. 아이들이 잠들고 나면 영화를 보거나 예능 프로그램을 보며 맥주를 마셨습니다. 어찌나 시간이 잘 가는지 금방 새벽 한 시가 되었습니다. 쫓기듯 잠을 잤고 피곤한 몸으로 아침을 맞았어요. 글쓰기를 멈추었을 뿐인데, 일상 전체가 무의미하게 느껴졌습니다. 급기야 불안이 싹트기 시작했어요.

　이유는 분명했어요. 글을 쓰지 않는 동안 몸은 편안했을지 몰라도 마음은 불편했던 거예요. 글쓰기는 옅어진 '나'와 연결되는 유일한 길이었습니다. 글을 쓰는 자체로 좋았지요. 별안간 글쓰기가 괴로워진 것은 '나'의 자리를 '남'이 차지하면서 일어난 일이었어요. 구독자 수가 늘지 않고, 애써 쓴 글이 주목받지 못하자 글쓰기가 즐겁지 않았어요. 채 여물지 못한 저의 글쓰기는 갑작스럽게 많은 독자와 만나면서, 도리어 방향을 잃어버렸던 겁니다.

　왜 글을 쓰기 시작했었는지 다시 생각했어요. 조금은 진부하게 들리는 '초심'이라는 단어를 떠올렸어요. 그동안 저는 글을 쓰면서 일상에 숨겨진 의미를 찾았고, 흩

려보내던 시간을 정성껏 기록하는 일의 기쁨을 느꼈습니다. 잊힌 기억을 고스란히 되찾았고, 잃어버렸던 '나'만의 시공간을 되찾았으며, 흐려지던 나란 존재를 선명하게 인식할 수 있었어요.

'나'의 글이 남(독자)에게 가닿는 것은 감동적인 일임에 틀림없어요. 하지만 글쓰기의 목적이 오직 '남'을 향해서는 안 된다는 생각이 들었습니다. 제 글을 좋아해주는 분들이 생기고 그분들의 공감을 받으면 글쓰기가 더 즐겁긴 하지만, 그게 전부일 수는 없으니까요. 글쓰기는 '나'의 욕구, '나'의 생각, '나'의 감정, '나'의 가치관……. 결국 '나'를 쓰는 일이었습니다.

누군가에게 보이고 싶다는 욕구를 저버리기 어려웠지만, 결국 다시 노트북 앞에 앉았습니다. 다시 일상을 돌아보기 시작했고, 제 안의 목소리에 집중하기 시작했어요. 흐트러진 글쓰기 루틴을 다시 잡기 위해서는 전보다 몇 배의 노력이 필요했어요. 재미로 쓰던 때에는 마음보다 몸이 먼저 반응했지만, 의미를 찾아가며 쓰려니 마음이 몸을 일으켜야 하는 일이 많았습니다.

더는 아이들을 재우는 동안 아드레날린이 솟지 않아요. 오히려 쏟아지는 잠을 꾸역꾸역 참고 써내야 하는 날이 많습니다. 잠든 아이들을 뒤로하고 방문을 열 때면, 호그와트는커녕 북극 한파와 마주하는 기분이 들기도 합니다. 무슨 부귀영화를 누리겠다고 또 노트북 앞에 앉았나 싶은 생각도 꽤 자주 해요.

이제는 압니다. 글쓰기는 끝내 저에게 부귀영화를 가져다주지 않으리라는 사실을요. 다만 살아가는 동안 끊임없이 '나'를 돌보게 하고 사랑하게 하며, 그로써 조금 더 나은 '나'로 살아가게 하겠지요. 그건 틀림없을 거예요.

글쓰기와 요가의
상관관계를 아시나요

'된다, 된다! 드디어 된다!!'

이름도 어마어마한, 우파비스타 코나아사나 (Upavistha Konasana)! (앉은 자리에서 다리를 가로로 찢고, 팔을 앞으로 뻗으면서 상체를 완전히 숙여 바닥에 밀착하는 자세)에 드디어 성공했어요! 여기서 잠깐, 이 요가 동작의 이름을 알고 있었던 건 아닙니다. 동작을 이미지 검색으로 찾아봤지요. 미리 밝히건대 요가 동작의 이름을 외울 만큼 요가를 제대로 하는 사람은 결코 아닙니다. 아무튼, 어느 날 갑자기 우파비스타 코나아사나가 됐어요! 자세를 유지하는 동안에 다리 뒤쪽 근육이 찢어질 듯 아프긴 해도 일단 자세가 나오다니, 감격스러웠어요.

육아를 하면서 요가를 정식으로 배우는 일은 그만두었지만, 종종 홈트레이닝은 해왔어요. 평소에 허리가 안 좋고 다리가 잘 뭉치는 체질이라 주로 하체 스트레칭을 많이 했지요. 그런데 유난히 안 되는 자세가 바로 우파비스타 코나아사나였습니다. 다리를 찢듯이 벌리는 것도 안 됐지만 그 자세에서 허리를 굽히는 것은 흉내조차 낼 수 없었어요. 다리를 앞으로 쭉 뻗은 상태에서 발바닥을 잡는 자세는 그나마 가능한데, 다리를 벌리는 순간 꼿꼿이 펴진 허리는 굽어질 줄을 몰랐습니다.

과거에 요가 학원에 다닐 때도 우파비스타 코나아사나가 그렇게 안 됐어요. 아무리 해보려고 해도 절대, 절대 안 됐습니다. 별안간 오기가 생기더군요. '내 몸이고 내 근육인데, 하다 보면 언젠가는 되겠지' 싶으면서도 그 언젠가를 앞당기고 싶었습니다. 아이들과 놀 때도 일부러 다리를 쫙 벌리고 앉았어요. 팔은 안 뻗어져도 다리는 일단 찢어(?) 보자는 심정으로요.

그러던 어느 날, 문득 자세를 인지한 순간 화들짝 놀랐습니다. 저도 모르게 다리를 찢고 바닥에 턱을 괸 채 아이들과 놀고 있는 게 아니겠어요?

'이게 되는 거구나. 하면 되는 거였어!'

그날 이후로 하루 한두 번은 무조건 우파비스타 코나 아사나를 했어요. 다리 뒤쪽이 찢어질 듯 당기는 기분이 통증이 아닌 이완으로 느껴지기 시작했고, 내 근육을 내 의지로 조절했다는 생각에 쪼그라든 마음까지 덩달아 펴진 느낌이었습니다. 가끔 딸아이를 제 다리 앞에 눕힌 채로, 상체를 한껏 숙여 뽀뽀 쪽쪽 놀이를 하곤 하는데 그 사랑스러운 기분 또한 말로 표현하기 어려운 기쁨이었습니다.

글쓰기 책에서 요가 이야기만 늘어놓은 것 같지만, 요가 이야기를 빌려 글쓰기 이야기를 하려는 거예요. 글쓰기와 요가는 꼭 닮았거든요.

글쓰기를 시작하는 일은 요가를 시작하는 일과 닮았습니다. 요가를 시작할 때 '내 몸에 이런 근육이 있었다고?'라는 의문을 품게 되는데, 글쓰기가 꼭 그래요. '내 안에 이렇게 이야깃거리가 많다고?' '내가 이렇게 글을 쓰고 싶었다고?' 요가의 다양한 자세를 통해 미처 인지하지 못했던 근육을 인지하는 것과 마찬가지로, 글쓰기에 도전하며 글쓰기를 시작하기 전에는 모르던 열망과 자기 안에 숨어있던 이야기들을 마주하게 됩니다.

요가는 기본적으로 내면에 집중하는 운동이에요. 사실 운동이라는 표현은 부적절하죠. 요가는 수련이니까요. 내면을 갈고닦는 일입니다. 요가를 하다 보면 잡생각을 할 수가 없는데, 잡생각을 했다가는 균형을 잃거나, 근육을 제대로 쓸 수 없어요. 집중, 또 집중! 오로지 내 몸과 정신에 집중 또 집중해야만 어설프게라도 요가 자세를 취할 수 있지요. 글쓰기도 그렇습니다. 내면에 집중해야 해요. 나의 행복, 나의 슬픔, 나의 기쁨, 나의……. 오로지 '나'에게 집중했을 때, 비로소 내가 하고 싶은 말이 글로 표현됩니다.

요가가 정적이라고 생각하는 분들은 요가를 한 번도 경험하지 못한 분일 확률이 높습니다. 어떤 유산소 운동만큼이나 요가는 동적인 운동입니다. 달리거나 뛰어오르지 않더라도 몸의 크고 작은 근육들을 끊임없이 움직여야 하니까요. 글쓰기도 외부에서 보았을 때는 정적으로 보이지만, 결코 정적인 활동이 아니에요. 글을 쓰기까지, 글을 쓰는 동안 머리의 회전 속도는 엄청납니다. 알고 있는 모든 단어를 거르고 걸러, 품은 생각을 고르고 골라 한 편의 글을 완성하는 일은 결코 정적일 수 없습니다.

요가 초반에는 흉내조차 낼 수 없는 동작들을 해내려면 결국 '꾸준함'만이 답입니다. 같은 자세를 반복적으로 연습하다 보면 하루에 1mm씩이라도 근육은 이완될 수밖에 없어요. 어쩌면 1mm도 안 되는 날이 많을지 모르지만, 어쨌든 방법은 하나뿐이에요. 꾸준히 같은 동작을 계속하는 것. 글쓰기도 마찬가지죠. 조금이라도 나은 글을 쓰려면 꾸준히 쓰는 수밖에 없습니다. 어설퍼도 쓰고, 완성을 못 해도 쓰고, 문법에 어긋나도 쓰고, 쓰고 또 쓰고, 막 쓰고 계속 쓰고. 그러다 보면 팔이 쭉 펴지고 다리가 쭉 찢어지듯, 글도 조금씩 좋아질 테니까요.

요가 자세는 며칠만 하지 않아도 바로 티가 납니다. 요가 전문 강사가 아닌 다음에야(어쩌면 전문 강사라 하더라도), 얼마간 동작을 하지 않았다면 잘 되던 동작이 안 되고 전보다 더 심한 통증을 느낍니다. 근육을 다잡는 일은 어렵지만 흐트러지는 건 한순간이에요. 글쓰기가 기술이라고 생각하는 분들이 있는데, 사실 근육이 하는 일이에요. 그게 바로 '쓰기 근육'이죠. 자꾸 글을 쓰는 삶으로 움직이고 실천하는 것만이 쓰기 근육을 키울 수 있습니다. 그것 또한 요가 동작처럼 얼마간 게으름을 부리고 나면 금세 약해지고 말아요.

이쯤 쓰고 보니, 제가 대단한 요가 수련자라도 되는 것 같네요. 일상에서 스트레칭으로 요가 동작 몇 가지를 겨우 따라 하는 게 전부인데 말이죠. 그래도 한 번은 꼭 쓰고 싶었습니다. 요가를 할 때와 글을 쓸 때, 꼭 같게 느껴지던 마음을요. 요가나 글쓰기나, 결국 근육이 움직이는 것은 똑같거든요.

우리 모두 요가 수련자가 될 필요는 없지만, 요가 동작 몇 가지로 스트레칭 정도는 해볼 만하지 않을까요. 스트레칭만 잘해도 생활에 찌든 근육을 풀고 통증을 완화할 수 있다면요. 꼭 그 맥락으로 우리 모두 작가가 될 필요는 없지만, 내 마음을 끼적이는 글쓰기 정도는 도전할 수 있지 않을까요. 짧은 글쓰기만으로 삶에 찌든 마음을 털어내고, 조금 더 나를 사랑할 수 있을 테니까요.

글쓰기라는
대나무 숲에서 '나'를 외칠 때

　얼마 전 지인이 온라인 플랫폼에 글쓰기를 시작하면서 '이런 글을 써도 될까?'라는 고민을 하더군요. 나만 보는 일기장이 아니라 공개된 플랫폼에 글을 쓰기 시작하면 독자를 의식할 수밖에 없어요. 글을 쓰는 주체는 '나'지만 글을 읽는 주체는 더 이상 '나'로 한정할 수 없으니, 쓰기 전부터도 고민이 깊어집니다.

　'이런 글에 관심이 있을까?'

'이런 글이 과연 쓸 가치가 있는 글일까?'

쓰고 싶다는 욕구가 들었다는 건 쓰는 사람 입장에서는 반드시 써야 하는 글감이라고 생각해요. 누가 관심이 있을지, 어떤 가치가 있을지를 예측하면서 쓰기는 불가능하고 불필요합니다.

제게 글쓰기는 대나무 숲이었습니다. 흔한 비유지요. 글쓰기를 통해 말하지 못했던 내면의 이야기를 쏟아낸다는 점에서요. 지금도 그게 가장 본질적인 글쓰기라고 생각합니다. 그런데, 이 '대나무 숲'이 등장하는 '임금님 귀는 당나귀 귀'라는 전래동화를 잘 읽어보면 새로운 점을 발견할 수 있습니다. 모자 장수는 자기 안에 품고 있던 비밀을 털어놓는 공간으로 대나무 숲을 선택했어요. 하지만 대나무 숲의 울림은 만인에게 퍼져나가 임금님의 비밀을 모두 알게 하는 공간이 되고 말았습니다. 모자 장수는 큰 벌을 받을 줄 알았겠지요. 하지만 그 일은 임금님이 결국 자기 단점을 받아들이고 더 좋은 임금이 되는 계기가 되었어요. 처음부터 모자 장수가 그런 상황을 예상할 수 있었을까요? 결코 아니었을 겁니다.

처음 온라인 플랫폼에 글을 쓰기 시작했을 때 이런 일이 있었습니다. 그날따라 두 아이와의 하루가 무척 버거웠어요. 두 아이 모두 컨디션이 좋지 않았고, 제게서 잠시도 떨어지려 하지 않았습니다. 삼시 세끼를 챙겨 먹이고, 사방에 어질러진 장난감을 치우고, 우는 아이들을 양팔에 안아 달래며 겨우 하루를 보냈습니다. 아이들을 재우고 보니 종일 밥을 한 끼도 먹지 못했더라고요. 서러웠습니다. 도망가고 싶다는 생각도 했어요. 그럴 수 없어서 글을 썼어요. 그래도 혼자 보는 일기장은 아니었기에 나름대로 단어와 감정을 체에 거르듯 거른 뒤, 발행 버튼을 눌렀습니다. 역시 쓰고 나니 좀 후련하더군요. 덕분에 편한 잠을 잤어요. 다음 날 아침, 댓글을 확인하자마자 숨이 턱 막혔지만요.

"누가 애를 둘이나 낳으라고 했나? 자기가 좋아서 낳아놓고는 왜 투정인지. 자신 없으면 하나만 낳았어야지."

뭐라고 답을 해야 할지 알 수가 없었습니다. 그전까지 친절한 글쓴이로 댓글에 즉각적인 대댓글을 달던 저는 온데간데없이 사라졌어요. 정말 머리가 새하얗게 변하는 기분이었습니다. 욕설이 섞인 것도 아니고 원색적인 비난도 아니었는데, 그런 댓글을 받았다는 사실만으로도 종일 머리가 지끈거렸어요. 갑자기 글을 쓰는 게 겁나더라고요. 정확하게 말하면 공개된 공간에 글을 쓰는 것이 두려웠어요. 제 마음을 공개된 곳에 쓰면서 그런 반응을 받을 줄은 상상도 못 했습니다. 누군가 제 글을 불편하게 느낄 수도 있다는 게 못 견디게 괴로웠어요.

그 댓글에 어떤 식으로든 답을 달아야 했어요. 모든 댓글에 답을 달면서 그 댓글만 빼놓는 것은 더 이상했으니까요. 뭐라고 답을 달아야 하나, 종일 그 생각만 하면서 그 불편한 댓글을 읽고 또 읽었습니다. 그런데 문득 제가 좀 우습더라고요. '나는 내 이야기를 썼고, 상대는 자기 입장에서 댓글을 달았는데 이게 이렇게까지 스트레스를 받을 일인가' 싶었습니다. 그 글을 써서 올릴 때 분명 홀가분했었고, 그걸로 충분했는데 말이죠.

"그러게요. 괜히 둘이나 낳아서 이 고생입니다. 그래도 둘이라 예쁠 때도 있으니 견디지요. ^^"

웃음 이모티콘까지 달아서 대댓글을 달면서도 다시 댓글이 이어지면 어쩌나 두려웠습니다. 그래도 질렀죠. 다행히 댓글이 더 이어지지는 않았어요. 종일 마음 쓴 것에 비해 싱거운 결말이었습니다.

그 일을 통해, 글을 쓰는 동안에는 제가 글을 통제할 수 있지만 세상에 내어놓은 후부터는 그럴 수 없다는 것을 깨달았습니다. 쓰는 사람은 자기 생각대로 쓰고, 읽는 사람은 자기 생각대로 읽습니다. 독자가 제 글에 어떤 생각을 표현해도 그건 독자의 것이지 제 것이 아닙니다. 그냥 있는 그대로 받으면 된다는 생각을 했어요. 물론 그게 욕설이나 마구잡이식 비난일 경우에는 아예 받지 않아도 되고요.

고백하자면, 지금도 독자의 반응에서 완벽히 자유롭다고는 말할 수 없어요. 가끔은 글을 쓰기 전부터 독자의 마음을 가늠해보기도 해요. '이런 글을 썼다가 비난받으면 어쩌지, 이건 너무 나만의 생각이 아닐까. 공감은 커녕 평가를 받으면 어쩌지? 그냥 댓글 창을 닫아 버릴까?' 그런 생각이 파도처럼 밀려올 때마다 두려워하기보다는 자신에게 묻습니다. '이게 정말 내 마음일까? 나는 이 글을 정말 쓰고 싶은 걸까?'라고요. '그렇다.'는 답이 돌아오면 주저 없이 쓰려고 노력합니다.

제게 글쓰기는, 예측할 수 없는 바람이 불어오는 대나무 숲이니까요.

쓰다 보면 내가 보입니다

"국어교사라서 글을 쓰시나 봐요"
라는 말에 대하여

브런치 작가가 되었다고 했을 때도, 책을 냈다고 했을 때도 피해가기 어려운 말이 하나 있었습니다.

"국어교사라서 글을 쓰는구나!"

맞아요. 저는 국어교사입니다. 중학교와 고등학교에서 아이들에게 '국어' 과목을 8년째 가르치고 있어요. 학부 전공은 국어국문학이고 졸업 후 교육대학원에서 국어교

육학을 전공했습니다. 다만 국어교사가 되기 위해 치러야
했던 임용 시험을 두 번 응시했고, 두 번째에 합격했어요.
대부분의 사람들에게 글쓰기 경험을 물으면 학창 시절의
'국어' 시간을 떠올릴 테니, 저의 객관적인 이력은 사람들
의 오해를 불러일으키기에 충분하다고 생각합니다.

　국어교사이기 때문에 글을 쓴다는 편견이 다른 분들
의 글쓰기를 어렵게 만들지는 않을까 걱정스럽습니다.
'저 사람은 국어를 전공했으니까 그렇지. 나는 못해.'라
고 생각하실까 봐요. 국어를 전공했고 국어교사로 살다
보니, 다른 일을 하는 분들에 비해 읽고 쓰는 일이 낯설
지 않았던 것은 분명합니다. 그러나 국어교사이기 때문
에 글쓰기를 시작한 것도 아니었고, 글쓰기가 쉬웠던 적
도 없었습니다.

　국어국문과를 졸업했다고 하면, 많은 분들이 저를 대
단한 '문학소녀'였으리라 생각하세요. 여기서부터 편견
의 시작입니다. 전혀 아니었는데 말이죠. 국어국문과
에 진학한 이유는 아주 단순했습니다. 학창 시절 그나마
성적이 잘 나오는 과목이 국어였어요. 그게 전부입니다.
제가 대학에 다닐 때만 하더라도 신춘문예를 바라보고
국문과에 입학하는 작가 지망생은 별로 없었습니다. 작
가 지망생은 국문과보다는 문예창작과를 더 선호했어요.

저 역시 작가를 꿈꾸며 국문과에 입학한 학생이 아니었기에 주로 문학과 문법 관련 수업에 매진했습니다. 작문 수업이 있긴 했지만, 작품을 제출해서 성적을 받을 자신이 없어서 애당초 수강하지 않았어요. 작문 수업이 전공 필수 과목이 아니어서 다행이었습니다.

대학 졸업반이 되어 취업이 막막하던 차에, 교수님께서 교육대학원을 추천하셨어요. 국어교사가 된다면 안정적으로 경제활동을 할 수 있겠다는 생각에 진학을 결심했습니다. 대학원 전공과목에는 당연히 작문교육론도 포함되어 있었어요. 하지만 국어교육학에서 다루는 작문교육은 교사의 작문 실력이나 작문 경험을 중요하게 생각하지 않았습니다. 글쓰기를 할 때 거쳐야 하는 단계에는 어떤 것이 있는지, 쓰기 영역의 채점을 어떻게 하는 게 좋은지 등, '쓰기를 가르치고 평가하는 방법'을 다루는 학문이었지요. 그러니 직접 글을 써야 할 이유는 없었습니다.

학교 현장에서 근무하는 동안에도 글쓰기와 그다지 친밀하지 않았습니다. 교과서에 쓰기 단원이 나오면, 대학원에서 이론적으로 배웠던 작문교육론과 교과서 학습 활동을 참고해서 학생들이 글을 쓰도록 지도했을 뿐이에요. 직접 글을 써야겠다는 생각은 전혀 없었습니다.

아! 일기를 쓰긴 했지만, 그건 직업과 무관한 시도였습니다.

이건 업계(?) 비밀 같은데 사실 글을 쓰는 국어교사는 많지 않아요. 아니, 아주 적습니다. 엄밀히 말하면 국어교사의 일은 글쓰기를 가르치는 일까지지, 글쓰기를 실천하는 일까지가 아니거든요. 교육과 실천 사이에 놓인 간극은 실로 엄청납니다.

물론 국어교사가 글을 쓴다면 득이 되는 요인이 많긴 합니다. 국어교사들은 여러 글을 두루 읽을 기회가 많다 보니, 좋은 글과 그렇지 않은 글을 알아보는 안목이 있어요. 덕분에 글을 쓰게 되면 퇴고에 인색할 수가 없습니다. 고쳐 쓰면 쓸수록 문장은 매끄러워지고 의미 전달은 정확해진다는 사실을 잘 알고 있으니까요. 또 글쓰기를 처음 시작하는 분들이 글쓰기 관련 책들을 많이 읽으시는데, 그런 시간을 전공 공부와 현장 경험으로 대체할 수 있습니다. 글쓰기 기술이나 문법, 맞춤법 오류를 줄이는 법 등을 따로 공부하지 않고 글쓰기에 뛰어들 수 있지요. 이런 이점들이 있긴 해도, 대부분의 국어교사는 글을 쓰지 않습니다. 글쓰기를 싫어하는 분들도 많아요.

저는 국어교사로서의 삶을 잠시 내려놓고 엄마가 되었을 때, 글쓰기의 세계에 발을 들여놓았기 때문에 '국어교사니까 글을 쓴다.'는 말에는 쉽게 동의할 수 없어요. 제가 글쓰기를 시작한 때는 온전히 '나'에게만 몰입하여 '나'를 드러낼 수 있는 무언가가 간절하던 때였어요. 그때의 글은 배워서 쓴 글도 아니었고, 국어교사이기 때문에 쓴 글은 더더욱 아니었습니다. 일어서기 위해 썼고 살기 위해 쓴 글이었지요. 글쓰기가 삶을 노크하던 순간, 주저 없이 문을 열어 환대했습니다. 그렇게 글쓰기를 만났고 '나'를 되찾았다는 느낌에 매료되었습니다.

글을 쓸 수 있는 사람과 쓸 수 없는 사람이 따로 정해져 있는 것은 결코 아니에요. 다만 글을 쓰는 사람과 글을 쓰지 않는 사람이 있을 뿐이지요.

쓰다 보면 내가 보입니다

얘들아,
이번 시간에는 글 쓰자

　제가 가르치는 학생들이 글쓰기에 익숙해지기를 바랍니다. 글을 잘 쓰게 되기를 바라는 것이 아니라 쓰는 행위 자체에 부담을 느끼지 않기를 바라요. 언젠가 속엣말을 털어놓을 자기만의 공간이 필요할 때, 주저 없이 글쓰기를 시도할 수 있도록. 쓰는 일을 자연스럽게 받아들이면 좋겠어요.

　그러기 위해서 가장 필요한 것은 자주 써보는 것입니다. 더 좋은 방법을 알지 못해요. 그저 자꾸 쓰다 보면 쓰

56

는 일이 별거 아니라는 생각을 할 거라고 확신합니다. 그래서 학생들에게 글쓰기를 자꾸 시도하게 해요.

글을 쓰자고 하면 제일 먼저 묻는 말이 무엇일지 짐작되시나요? 정말 각 반에서 꼭 한 명 이상은 이 질문을 합니다.

"선생님, 이거 성적에 들어가요?"

참 뼈 아픈 말이지요. 언제나 평가받는 데 익숙한지라 학생들은 늘 성적 반영 여부부터 물어요. 사실 성적에 들어가든, 들어가지 않든 학생들의 글쓰기 능력 자체는 크게 달라지지 않습니다. 하지만 글을 쓰는 태도는 완전히 달라지죠. 평가의 부담을 안고 쓰는 글과 자유롭게 쓰는 글의 즐거움은 다르잖아요.

성적에 들어가지 않는다고 하면 학생들이 무조건 대충 쓸 것 같지만, 꼭 그렇지도 않아요. 특히 학생들이 관심있는 것이나 쉽게 쓸 수 있는 주제를 선정하면 더욱 그래요. 이번 학기에 학생들에게 첫 글쓰기 주제로 '자신의 관심사 쓰기'를 주었는데요, 게임부터 웹툰, 아이돌, 인생 책, 진로까지 다양한 소재가 등장했어요. 학생들은 자기가 좋아하는 것들에 관한 자료를 모으고 그것을 연결해서 글을 썼어요. 글의 수준을 떠나, 쓰는 내내 잡담 한 번 나누지 않고 오로지 자기가 관심 있는 대상에 몰두해서 글로 풀어쓰는 즐거움을 누리는 걸 보니 괜히 울컥하더라고요.

현재 초중고 국어 교과에는 작문교육이 필수로 포함되어 있습니다. 교육과정 자체에서 다루는 작문교육의 비중은 결코 적지 않아요. 국어 교과 전체를 100이라고 할 때, 작문(쓰기), 독서(읽기), 화법(말하기·듣기), 문학, 문법이 각각 20% 정도의 비중으로 고루 다루어져요. 실제 작문 교육과정에는 글감을 모으고 글을 구성하고 글을 쓰고 공유하는 모든 과정이 구현되어 있습니다. 문학적 글쓰기와 비문학적 글쓰기도 모두 할 수 있도록 되어 있고요.

그러나 고등학생을 대상으로 작문교육을 제대로 하기는 어렵습니다. 오지선다형인 수능으로 초중고 12년의 학업 성취도를 평가하는 지금의 교육 현실에서는 국어 교과 또한 평가 가능한 범위에서 다루어질 수밖에 없습니다. 그러니 문학과 독서, 문법에 초점을 맞출 수밖에요. 자기 생각과 감정을 담은 글을 쓰고 나누는 교육은 설 자리가 없어요. 안타깝기 그지없습니다.

내 마음을 들여다보고 내 생각을 적절하게 표현할 수

있는 힘, 그런 것을 길러주는 게 국어 교과에서 가장 집중해야 할 일 같아요. 당장 수능 성적을 올리는 일과는 무관하게 느껴지더라도요. 살아가는 동안 정말 필요한 건 그런 거 아닐까요.

앞으로 작가로서 또 국어교사로서 살아가는 동안, 제가 만날 학생들에게 자꾸 글을 쓰자고 권하려 해요. 학생들이 무언가를 털어놓고 싶을 때 선뜻 글쓰기를 떠올릴 수 있게요. 적어도 저를 거쳐 간 아이들만큼이라도, 그랬으면 좋겠습니다. 그런 마음으로, 다음 학기에는 좀 더 자주 이 말을 외쳐야겠어요.

"얘들아, 이번 시간에는 글 쓰자! 의미있는 글쓰기가 될 거야!"

"공부도 중요하지만 나는 이런 수업을 하면서 깨닫게 되는 것들이 사람으로서 살면서 더 중요한 영향을 끼치는 것 같다."

– 학생 A의 수업 소감 중

＊글쓰기 수업 후기

한 편의 글을 넘어
책이 되는 글을 쓰기까지

'내 이름을 건 책 한 권 쓰고 싶다!'

글을 쓰지 않는 분들 중에도 버킷리스트에 '책 쓰기'가 들어 있는 것을 종종 목격합니다. 글을 쓰는 사람의 입장에서 보면 약간 당황스러운 버킷리스트이지만, 그만큼 누구나 자기 이야기를 엮어내는 일에 마음을 두고 있는 것이 아닐까 해요.

사정이 그러하니, 글을 쓰는 사람들에게 책 쓰기에 대

한 열망이 움트는 것은 지극히 자연스럽고 당연한 일입니다. 글을 쓰다 보면 '이 글을 엮으면 한 권의 책을 낼 수 있지 않을까. 이렇게 계속 쓰다 보면 그 끝에는 출판이 있지 않을까?' 꿈꾸게 되지요.

하지만 글쓰기와 책 쓰기는 다른 차원의 일이에요. 책은 단순히 글을 '엮은' 것이 아니니까요. 엮는 데도 기준이라는 게 필요하고, 그 기준은 '기획'이라는 이름으로 독자의 흥미와 맞닿은 것이어야 합니다. 글은 오직 나를 위해서만 써도 충분하지만, 책 쓰기는 반드시 나를 넘어 독자를 고려해야 해요.

꾸준히 글을 쓴 지 1년쯤 되었을 때 첫 출판의 기회가 왔습니다. 1인 출판사의 대표님이 운영하는 독서 모임에 1년 넘게 참여하고 있던 때였는데, 어느 날 갑자기 출판사 대표님이 출간을 제안하셨어요. 꾸준히 글을 쓰고 있다는 오직 그 이유만으로, 이쯤 해서 책을 한 번 써보면 어떻겠냐고 먼저 물어주셨습니다. 글을 쓰면서 출간을 꿈꾸기도 했지만, 그때까지만 해도 먼 훗날의 일이라 여겼어요. 출간이 눈앞에 다가오자 현실감이 전혀 없을 만큼 어리둥절한 기분이 먼저 들었습니다.

제안을 받고서야 책 출간에 대한 구체적인 그림을 그려보았습니다. 책을 쓴다면 어떤 이야기를 쓰고 싶은가.

불현듯 엄마 이야기를 써야겠다는 결심이 섰어요. 앞으로도 계속 책을 쓰는 사람으로서 살아간다면, 첫 책은 저의 근원이자 한때 모든 것이었던 '엄마' 이야기를 쓰는 게 당연하다는 생각이 들었습니다. 결핍으로 점철될 뻔했던 제 생을, 완벽한 사랑으로 채워준 엄마에게 바치는 헌사를 써야겠다고 마음먹었습니다.

1년 넘게 매일 글을 써왔고 엄마 이야기라면 밤을 새도 못다 할 만큼 이야깃거리가 넘쳐났는데, 막상 책으로 쓰려고 하니 처음부터 막막했어요. 그렇게 잘 써지던 글이 한 줄도 써지지 않았습니다. 출간 기획서의 첫 질문부터 답을 쓸 수가 없었어요.

Q. 집필 동기가 무엇인가요?
A. ⋯⋯. (그러게, 나는 왜 엄마 이야기를 책으로 쓰려는 거지.)

그저 엄마를 향한 제 마음을 쓰고 싶다는 이유로 책을 쓸 수는 없었습니다. 그건 엄마에게 쓰는 편지로 충분했으니까요. 굳이 책이어야 할 이유가 없었습니다. 책은 독자와의 연결고리를 찾는 데에서 출발해야 했어요.

'도대체 나는 왜 엄마 이야기를 책으로 쓰려고 하는가.'

그 질문을 붙잡고 몇 날 며칠을 끙끙 앓았습니다. 그러면서 선명해진 것은 이 책은 분명 제 이야기일 테지만, 어쩌면 저만의 이야기는 아닐지도 모른다는 생각이 있어요. 책에 썼던 프롤로그를 빌려오자면, '자식을 위해 자신을 희생하는 엄마는 흔하고, 그런 엄마를 사랑하지 않는 자식은 드문 법'이라고 생각했지요. 제 책을 통해 누군가는 엄마와의 사소한 추억을, 또 다른 누군가는 엄마의 고단했던 지난 시간을 떠올릴 수 있으면 좋겠다고 생각했습니다. 두서없이 흩어져 있던 생각을 모아 집필 동기를 썼어요.

다음 마주한 산은 목차를 잡는 일이었습니다. 다시 또 막막하더라고요. 엄마를 소재로 35개나 되는 글을 쓸 수 있을지 확신이 없었어요. 일단 엄마와 관련된 기억 중, 글로 표현할 만한 것들을 몽땅 써보았습니다. 엄마가 싸줬던 도시락, 엄마가 해준 음식들, 엄마가 들려준 과거의 이야기, 엄마가 살아온 세월 중 제 기억에 남아 있는 것들까지. 온갖 추억을 다 끄집어내어 나열하듯 썼어요. 단어도 있고 문장도 있었어요. 감정도 있고 경험도 있고, 생각도 있었지요. 그렇게 하얀 백지를 검은 글씨로 빼곡하게 채워나갔습니다.

(거칠지만) 글의 제목을 하나하나 잡아나갔습니다. '엄마의 도시락, 엄마의 입덧, 엄마가 되어서 엄마를 다시 보게 되었다.'는 식으로요. 그 과정에서 비슷한 소재들끼리는 묶고, 한 편의 글이 되기는 어렵겠다 싶은 소재들은 과감히 버렸습니다. 그러고 나니 서른세 개의 글 제목이 나왔어요. 그걸 다시 나누어, 총 2부로 첫 목차를 구성했어요.

목차를 곁에 두고 초고를 썼습니다. 잘 써지는 소재부터 썼어요. 어떤 글은 몇 문장 쓰다가 넘겨버리기도 하고, 어떤 글은 단번에 완성하기도 했어요. 그렇게 서른세 편의 글을 다 쓰고 나서 다시 목차를 들여다보니, 2부 안에 서로 다른 내용들이 뒤섞여있더라고요. 글의 목차를 다시 4부로 나누고, 글을 재배열했습니다. 그러면서 글의 제목도 조금씩 고쳐 썼어요.

드디어, 책의 초고가 완성되었습니다. 초보 작가였던 저는 이제 출간에 거의 다 왔다고 생각했어요. 착각은 자유니까요.

쓰다 보면 내가 보입니다

출간 기획서 쓰기

출간 기획서에 반드시 들어가야 하는 항목

1. 제목: 가제이지만 눈에 띄는 제목이면 좋겠죠?
2. 부제목: 가제를 설명할 수 있는 구체적인 문장이어야 합니다.
3. 주제: 책 전체 내용을 함축할 만한 핵심 문장을 만드시는 게 좋아요.
4. 동기 및 집필 의도: 책의 기획 의도가 드러나는 부분이므로, 이 책이 꼭 출판되어야 하는 이유를 정리하는 것이 좋습니다.
5. 특징: 이 책에만 있는 '특징' 즉, 책의 장점을 어필하셔야 합니다.

6. 차이점: 유사도서들을 분석해보시고, 이 책에서 만 할 수 있는 이야기가 무엇일지 고민해보세요.

7. 타깃(예상독자): 이 부분이 매우 중요합니다. 이 책이 누구를 타깃으로 하는지가 결국 판매로 이어지기 때문에, 타깃이 분명할수록 출판사에 서는 관심을 보일 확률이 높아요.

8. 경쟁도서: 비슷한 주제를 다루는 책들을 서너 권 쯤 읽고 그 책들의 특징과 장단점을 분석합니다.

9. 홍보, 마케팅 전략: 요즘은 작가가 홍보에 뛰어 들어야 하므로, 이 부분 역시 매우 중요합니다. 평소 즐겨 하는 SNS나, 오프라인 활동을 구체 적으로 쓰면 도움이 됩니다.

10. 저자 소개: 너무 문학적이거나 비유적인 문장의 소개보다는, 자신을 분명하게 보여줄 소개가 좋 습니다. 이때 쓰려는 책의 내용과 관련된 이력 이 있다면 큰 도움이 됩니다.

11. 목차: 여기서 목차는 확정 목차가 아닙니다. 이 주제로 한 권의 책을 완성할 수 있는 이야깃거

리가 있다는 것을 보이는 것이 중요하므로 책에 넣고자 하는 에피소드를 나열하는 정도라도 목차를 미리 구성해보는 것이 좋습니다.

12. 샘플원고: 사실 샘플원고까지 검토하는 경우가 많지 않다고 합니다. 기획서에서 관심이 생기지 않으면 샘플원고까지 보지 않는다고 해요. 그렇지만 샘플원고는 어느 정도의 문장력으로 어떤 글을 쓰고 있다는 느낌을 전달하는 것이므로 최대한 성의껏 쓰는 것이 좋겠지요?

쓰다 보면 내가 보입니다

퇴고가
꼭 필요할까요

글을 써서 책으로 출판하기까지, 어떤 과정이 가장 힘들었냐고 묻는 분이 계셨어요. 한 치의 망설임도 없이 대답했습니다.

"퇴고요!"

첫 책의 초고를 굉장히 빨리 썼어요. 석 달쯤 계획했었는데, 한 달 하고 열흘 만에 초고 집필을 끝냈습니다.

아무래도 살아온 이야기를 쓴 에세이다 보니, 자료 조사가 필요한 책들보다는 집필이 빨랐어요. 출판사 대표님과 의논해서 출간 계획을 앞당기기로 했습니다.

교정과 교열을 포함한 퇴고 기간으로 두 달 정도가 주어졌어요. 충분히 가능하다고 생각했습니다. 책을 기획하고 목차를 잡고 초고를 쓰기까지 두 달쯤 걸렸으니, 퇴고는 일도 아닐 줄 알았어요. 얼마나 오만한 생각이었는지 깨닫기까지 그리 오랜 시간이 필요하지 않았습니다.

초고를 쓸 때만 해도 '하고 싶은 이야기를 다 하겠다'라는 생각이었습니다. 막힘없이 써 내려갔었어요. 정말 별 얘기를 다 썼지요. 초고를 쓰고 한 달쯤 원고를 들여다보지 않았어요. 퇴고할 때는 새로운 시선이 필요하다는 당시 출판사 대표님의 의견을 따라, 잠시 원고를 잊고 살았습니다. 한 달 후, 초고를 꺼내 처음부터 끝까지 다시 읽어보았습니다. 그때 처음으로 제 글을, 작가의 시선이 아닌 독자의 시선으로 바라보았어요.

모든 것이 과했습니다. 에세이라는 장르적 특성도 있었겠지만, 독자의 시선으로 마주한 초고는 정말 과하다는 느낌이 들었어요. 감정도 과했고, 설명도 과했습니다. 독자에게 여지를 남기는 부분이 하나도 없더라고요. 생각할 여지, 감동할 여지, 공감할 여지. 그런 게 느껴지지 않았어요. 저는 글을 쓰는 사람이기도 하지만, 글을 읽는 것도 즐기는 사람이라 '과연 내가 독자라면, 돈을 내고 이 책을 사서 읽을까?' 자문해보았습니다. 즉각적으로 '아니'라는 답이 나오더군요. '이건 그냥 일기잖아. 누가 남의 일기를 돈 주고 사서 읽겠어! 내가 유명인도 아닌데!'라는 생각을 지울 수가 없었습니다. 정말 당혹스러웠어요.

초고를 쓰던 작가의 마음을 내려놓고, 독자의 마음이 되어 퇴고를 시작했습니다. 고쳐쓰기가 아니라 '다시쓰기'의 심정으로 처음부터 끝까지 원고를 새로 썼어요. 출판사에서 받은 편집 의견을 참고하여 원고를 모두 새로 타이핑 하며, 수많은 문장을 지우고 또 지웠습니다. 아마 글을 써보신 분들은 아실 거예요. 열심히 쓴 문장을, 문단을, 어떨 땐 글 한 편을, 통으로 지워야 할 때, 그 상실감이 얼마나 큰지! 처음에는 심혈을 기울여 쓴 문장을 지우기가 아까워 따로 한글 파일에 모아두기도 했지만, 얼마 지나지 않아서 그만두었어요. 한 번 버린 문장을 다시 본문으로 끌고 오는 일은 없다는 것을 깨달았거든요.

처음부터 끝까지 원고를 '다시 쓰는' 과정은 정말 살과 뼈를 깎는 고통이었어요. 초고를 쓰는 데 한 달 반이 걸렸는데 첫 퇴고를 끝내는 데 두 달이 걸렸습니다. 퇴고가 끝나고 처음부터 끝까지 원고를 다시 읽어보았습니다. 완전히 다른 글이더군요. 여전히 부족한 부분은 많았지만, 처음보다는 훨씬 담백했습니다.

조금 나아진 원고로 두 번째 퇴고를 했습니다. 그때는 소리 내 읽어보는 데 집중했어요. 이건 제 독서 습관인데, 저는 책을 종종 낭독으로 읽곤 하거든요. 그러면 눈으로 읽을 때 느끼지 못했던 문장의 흐름을 느낄 수 있어요. 제 원고도 같은 방법으로 읽어보았습니다. 눈으로 읽었을 때는 별로 걸리는 것이 없었는데, 소리 내 읽으니 어딘가 부자연스러운 문장들이 보였어요. 그런 문장들을 골라내어 다듬어갔습니다.

고통스럽던 퇴고의 과정을 거치며 글이 책의 형태를 갖추어갈 때쯤이었어요. 책을 기획하고 글을 써 온 시간을 더듬어 보았습니다. 가만히 떠올려 보니 그 시간 동안 다듬어진 것은 글뿐만이 아니었어요. 정말로 다듬어진 것은 '나 자신'이었습니다. 이미 지나간 시간을 글로 써보고 제삼자의 시선으로 읽어보기도 하면서, 지금껏 살아온 시간이 정리되고 있다는 느낌이 들었습니다.

'이래서 책을 쓰는 거구나.'

글쓰기의 지향점이 반드시 책 쓰기일 필요는 없습니다. 글을 쓰는 행위는 그 자체로도 충분히 의미 있으니까요. 그럼에도 불구하고, 글쓰기를 시작한 이들에게 반드시 책 쓰기에 도전하라고 권하고 싶어요. 흩어진 생각을 모아주는 것이 글쓰기라면, 모인 생각을 알맞은 자리에 차곡차곡 정돈해주는 것은 책 쓰기입니다. 기획과 집필, 퇴고라는 과정을 통해서요. 책 쓰기를 통해 어질러진 마음의 방을 정리해보는 경험은, 다른 어떤 경험으로도 대체할 수 없는 특별한 일임이 틀림없습니다.

그러니 글쓰기를 시작하셨다면, 이제 책 쓰기에 도전하시길!

쓰다 보면 내가 보입니다

퇴고하기

1. 첫 퇴고
    1) 초고를 처음부터 끝까지 읽으며 흐름 확인하기
    2) 목차를 재배열하고, 전체 구성 점검하기
    3) 초고 파일을 열어놓고 단어나 문장만 고치기
       보다는, 초고 파일을 출력해서 문장을 고친
       후 새로 워드 작업을 해보는 것도 방법! (글
       을 다시 쓰면 훨씬 매끄럽게 쓸 수 있어요.)

2. 두 번째 퇴고
    1) 소리 내 읽어보기(낭독)
    2) 문장의 길이 조정하기(너무 긴 문장은 끊어
       쓰기)

3) 반복해 사용하는 단어를 다른 단어로 대체해
   보기(포털사이트의 국어사전에서 단어 검색을
   하면 유사어가 떠요. 그중에서 적절한 단어로
   바꿔 넣어 볼 수도 있습니다.)
4) 접속사 사용 줄이기
5) '~것이다', '~같다' 등의 문장이 반복되는
   지 확인하고 '~다'의 형태로 바꾸어 쓰기

*퇴고하기는 단순히 윤문(문장 고치기) 과정
이 아니라는 것을 명심하시길!

나만의 문체를
만들기 위하여

　요즘 에세이 코너에서 자주 볼 수 있는 작가님들의 책을 몇 권 읽다 보면, 나중에는 작가 이름을 보지 않아도 이 책의 작가가 누구겠다, 짐작할 수 있는 경우가 있어요. 글에서 작가가 보인다고 할까요. 물론 개인적으로 인연이 있는 분은 단 한 분도 없지만, 어쩐지 '이 작가님은 이런 분이실 것 같다.'라는 생각이 저절로 들기도 해요. 그런 게 바로 '문체'지요. 자기만의 개성, 자기만의 색깔이 글에서 여실히 드러나는 것. 그러고 보면 문체는 애써 만들 수 있는 게 아닌가 봅니다. 나는 이미 타인과 구분되는 개성을 가지고 있고, 글에 '나'가 드러나는 방식이 곧 문체라면요.

'색깔 있는 글을 쓰고 싶다.' '나만 쓸 수 있는 글을 쓰고 싶다.' 글 쓰는 사람이면 누구나 하는 생각입니다. 저도 그런 욕심이 있지만, 애써 만들어 쓰려고 하면 오래 쓰지 못할 것 같아요. 아니, 확실히 오래 쓰지 못할 겁니다. 글에서 '나'가 드러나야 하는데, 엉뚱한 자아를 만들어 쓰기 시작하면 수명이 길 수 없는 게 당연하겠지요.

색깔 있는 글을 쓴다는 건, 결국 나의 색깔을 분명히 알고 있는 게 아닐까요? 자신이 좋아하고 편안하게 느끼는 것, 싫어하고 꺼리는 것, 관심 두고 마음 여는 것을 정확히 알고 있는 거죠. 글에는 그런 것들이 자연스럽게 드러날 뿐이고요.

그런 의미에서 에세이 코너에 자주 보이는 작가님들은 자기의 취향이나 성향을 분명히 알고 있는 분들일 확률이 높아요. 그분들은 자기 개성을 여러 책(글)을 통해 주저 없이 드러냅니다. 어떤 분은 (제 기준에서 볼 때) 지나치게 솔직한 문장을 쓰시고, 어떤 분은 단어를 고르고 골라 예쁜 결의 문장을 쓰시며, 어떤 분은 담백하게 다듬은 문장을 쓰세요.

하지만 독자가 그 글의 색깔을 알아보느냐 못 알아보느냐의 차이는 다른 데서 온다고 생각해요. 바로 얼마나 많은 책(글)을 쓰셨냐는 데에서요. 최소 서너 권 이상의 책을 출판하신 분들의 글을 읽으면, 정말 글에서 작가님이 딱 보여요. 실제 음성을 알지 못하지만 마치 음성 지원이 되는 듯한 느낌이 들어요. 단호한 말투로 들리기도 하고, 조근조근한 말투로 들리기도 합니다. 부드러운 말투도 들리고, 거칠고 투박한 말투도 들려요.

결국 작가의 성향과 가치관이 글에 드러나고, 그것을 독자가 어떻게 받아들이느냐가 문체라는 단어로 집약된다고 생각해요. 이런 결론이라면 나만의 문체가 있었으면 좋겠다는 소망을 현실로 만들기 위해서 쓰고 또 쓸 수밖에 없겠네요. '나'를 고스란히 담은 글을 쓰고 또 쓰다 보면, 글의 색깔이 분명히 드러나는 날이 아니 글의 색깔을 독자들이 알아차리는 날이 오지 않을까요?

다시 또 '나'와의 연결로 돌아왔네요. 하나 더한다면 '나'를 알아가며 성실하게 쓰는 것이고요.

"책 잘 읽었어요. 술술 읽히더라고요. 막히는 문장이 없어서 단숨에 읽었네요."

얼마 전 제 첫 책을 읽은 독자분이 주신 피드백이었어요. 재밌다, 감동적이다, 잘 썼다 등등의 피드백보다 더 반가운 피드백이었습니다. 정말 그런 글을 쓰고 싶거든요. '독자가 편안하게 읽을 수 있는 글'을요. 그래서 글을 쓰는 동안 단어도 잘 고르려 애쓰고, 문장 배열도 무척 신경을 쓰는 편이에요.

저는 누군가에게 민폐 끼치는 것을 극도로 싫어합니다. 내가 손해 보더라도 남에게 손해 끼치는 행동은 못 해요. 관계 맺기를 두려워하지는 않지만 쉽게 상처받는 사람이기도 하고요. 그런 면에서 조심성이 많은 사람이라고 할 수 있어요. 그런 성향이 글쓰기에도 영향을 주었는지, 책을 쓰는 내내 독자가 술술 읽을 수 있는 편안한 글을 쓰고 싶다고 생각했습니다. 독자분이 그걸 알아봐 주셨을 때, 정말 행복했습니다.

이제 겨우 두 번째 책을 쓰면서 감히 문체라는 단어를 쓰기는 조심스러워요. 다만 이렇게 성실히 써나가다 보면, 어느 날 문득 더 많은 독자분이 제 글에서 제 음성을 듣게 되는 날이 오지 않을까 기대합니다. 성실한 작가가 되어, 독자분들과 찌릿, 전기 통하듯 통(通)하는 순간이 자주 생겨나기를 고대해봅니다.

문체 만드는 법

문체를 만들 수는 없다고 했지만, 자신에게 익숙한 글체를 빨리 찾고 싶다면 이런 방법을 적용해보세요.

1. 평소에 즐겨 읽는 책을 필사하기
2. 좋아하는 작가(배우고 싶은 작가)의 문장을 필사하기
3. 필사 문장을 읽으며 문장의 분위기 느끼기
   – 자기가 왜 이런 문장을 좋아하는지 생각해보기
   (자신의 성향이나 성격과 연결지어 생각해보기)
4. 글을 쓴 다음, 고쳐쓰기 단계에서 글의 전체 느낌을 고려하여 문장이나 단어 고쳐쓰기

쓰다 보면 내가 보입니다

출간 이후
'나'의 세계에 일어난 변화

첫 책을 출간하기로 하고 계약서를 쓰던 날을 잊을 수가 없습니다. 머릿속으로 상상만 하던 출간이 현실이 된다니. 그 기분을 뭐라고 표현해야 좋을지 모르겠더군요.

달뜬 기분은 오래 가지 않았습니다. 출간 준비 과정은 꽤 고통스러웠어요. 내 안의 기억을 끄집어내고 적확한 단어를 찾아 글로 표현하는 일이 마냥 즐겁지만은 않았습니다. '나의 유년기를 다룬 책이 독자의 공감을 불러일으킬 수 있을까'라는 현실적인 고민도 집필 내내 저를 괴롭혔어요. 그럼에도 출간일은 다가왔고, 제가 쓴 글은 무사히 한 권의 책이 되었어요.. 책을 처음 받아 들던 순간은 첫아이를 품에 안던 순간에 비할 만큼 감격스러웠습니다.

감사하게도 한 포털사이트의 '책' 코너에 출간 전 연재가 되는 덕분에 출간 전부터 많은 관심을 받았습니다. 예약 판매가 시작되자마자 주변 분들의 관심과 응원을 받아 온라인 서점에서 꽤 높은 순위에 머무르기도 했어요. 오랫동안 연락이 닿지 않았던 친구들이 SNS에 올려둔 책 사진을 보고 연락을 해오기도 했습니다. 덕분에 뜻하지 않게 오래된 인연들과 최근의 안부를 물으며 서로의 삶을 들여다보는 계기가 되기도 했고요. 온라인 서점이나 SNS에 올라온 책 리뷰와 후기를 보며 뭉클했던 건 생각지 못한 기쁨이었습니다.

책 한 권을 낸 덕분에 처음 겪는 일들이 많았습니다. 얼마간 바닥에서 두 발이 10센티쯤 붕 뜬 듯한 기분으로 살았어요. 그러나 많은 일이 있었던 것에 비해 생활의 변화는 거의 없었습니다. 가족의 식사를 챙겼고, 빨래와 설거지, 집 청소를 했어요. 두 아이를 돌보며 짬짬이 책을 읽기도 하고, 책 속의 문장을 필사하기도 했습니다. 매일 글을 쓰는 일도 게을리하지 않았습니다. 여전히 일상은 분주했고 그렇게 일상을 살아내다 보면 가끔은 책을 냈다는 사실조차 아득하게 느껴지곤 했어요. 저의 미시 세계는 여전했습니다.

그에 비해 거시 세계는 완전히 달라졌어요. 엄마 이야기를 쓰겠다고 했던 첫 책은, 엄마에 대한 기억을 재생하는 데에서 그치지 않았습니다. 책을 쓰면서 의도치 않게 지나간 시간을 온전히 마주할 수 있었거든요.

결핍을 느끼지 못할 만큼 사랑받았다 생각하며 사는 것과 그 생각을 글로 옮기는 것은 전혀 다른 일이었습니다. 생각은 어슴푸레했지만, 글은 선명했어요. 잊고 살던 기억들을 끄집어내고 엄마의 기억까지 빌려오며 책을 완성하고 보니, 제 삶에 결핍이라는 단어가 들어설 자리가 없다는 사실이 확실해졌습니다. 이만큼 사랑받고 살았으니, 이미 완벽했다는 확신이 생겼습니다. 그렇게 얻은 확신은 저란 존재를 있는 그대로 긍정하고 사랑할 수 있는 힘이 되어주었습니다.

작가라는 새로운 자아가 책 한 권을 통해서 조금 더 명료해진 것은 덤이었어요. 브런치라는 플랫폼에서 저를 작가라고 칭해주긴 했지만, 민망한 마음이 없지 않았거든요. 어쨌든 출간작가가 되고 나니 누가 '진아작가님' 하고 불러도 덜 부끄러웠어요. 더해서 작가의 눈으로 세계를 바라보자 전에 보이지 않던 것들도 보이더라고요. 그 세계를 조금 더 온전한 단어와 표현으로 독자에게 내어 보이고 싶은 욕구도 전보다 더 강해졌습니다.

요즘 들어 전에 없이 앞으로의 시간이 기대됩니다. 오늘과 내일이, 올해와 내년이, 40대와 50대가, 그보다 더 훗날의 어느 순간까지도요. 시간이 흘러 또 언젠가 지금의 저를 떠올리며 한 권의 책을 써낼 수 있기를 바라봅니다. 그때의 어느 낮과 밤을 떠올리니, 오늘을 살아갈 용기가 샘솟습니다.

글쓰기,
나와의 연결을 넘어

　글쓰기를 시작한 계기에서 밝혔듯이 저는 글쓰기를 통해 잃어버린 '나'와 극적으로 조우했습니다. 여러 역할 속에 파묻혀 있던 본질적인 자아를 회복했어요. 글을 쓰는 시간만큼은 오직 나 자신에게 집중할 수 있는 느낌이 좋아서 열심히 쓰고 또 썼습니다.

　그러다 온라인 플랫폼에 저를 구독하는 분들이 생겼고, 애써 제 글을 찾아 읽어주시는 독자들이 생겼어요. 그분들은 저와 개인적인 친분이 전혀 없었지만 제 글에

격하게 공감해주셨고 위로와 응원의 말을 아끼지 않으셨어요. 비슷한 상황에 있는 분들도, 이미 그 상황을 지나간 분들도, 전혀 다른 상황에 있는 분들도 계셨습니다. 상황이 어찌 되었든, 그분들과 글로써 긴밀하게 연결되었어요.

친구들과의 만남도 점점 줄어들고, 남편과의 대화도 줄어가던 때였습니다. 그때 저를 버티고 살게 하던 분들이 바로 독자들이었어요. 얼굴도, 목소리도, 사는 곳도, 직업도 아무것도 알지 못했지만요. 글을 쓸 때마다 그분들을 떠올렸고, 발행한 글에 달리는 댓글을 읽으며 소통의 갈증을 해소했습니다. 지금 생각해보면, 그분들은 삶의 은인이나 다름없어요. (혹시라도 이 책을 읽어주시는 분들 중에 '그분들'이 계신다면 이 자리를 빌려 진심으로 감사드리고 싶어요.)

이 책을 함께 쓰고 있는 두 작가님과도 그렇게 만났습니다. 온라인 공간에서 각자 쓰는 사람으로 살다가 함께 쓰는 사람이 되었어요. 우리 세 사람은 한 번도 만난 적이 없습니다만, 그렇다고 해서 서운치는 않아요. 애정이 생기면 보고 싶기 마련이고 닿고 싶기 마련인데, 그렇지 않다니! 너무 비즈니스적인 관계 아니냐 되물으실지도 모르겠어요. 하지만 전혀 반대의 답을 드리고 싶어요.

글로 누군가와 연결된다는 것은 서로의 내면을 공유하는 것이며, 서로의 삶을 깊숙이 들여다본다는 것입니다. 누구에게도 말할 수 없는 비밀을 나누는 것이며, 행간에 숨겨둔 감정의 골짜기를 함께 걷는다는 말입니다. 두 작가님과는 그렇게 연결되었어요. 서로의 글을 읽으며 서로가 느낀 외로움을 보았고, 힘겨움도 보았어요. 어떤 삶을 살고자 하는 사람들인지, 무엇을 중요하게 생각하는 사람들인지 애써 말하지 않아도 알 수 있었고요. 때론 함께 웃고 때론 함께 울면서 여기까지 함께 왔습니다.

글을 쓰기 시작한 계기는 '나'와 온전히 연결되기 위해서였습니다. 시간이 지날수록 '당신'을 염두에 둔 글을 쓰고 싶었고, '당신'과 연결되고 싶었어요. 나에게 의미 있는 일들이 당신께도 의미 있기를 바랐고, 나에게 위로가 필요한 순간이 당신께도 위로가 되기를 바랐어요. 그 마음을 모아 책도 쓸 수 있었습니다.

오늘도 저를 위한 글을 씁니다. 직장생활과 육아에 치여 '나는 누구, 여긴 어디'를 절로 외치게 될 때마다 글쓰기를 생각해요. '이 순간의 기억을 이렇게 써야지, 지금 이 기분을 이렇게 표현해야지.' 그렇게 생각하는 것만으로 숨 쉴 틈이 생깁니다.

이제는 그 글이 저 한 사람을 위로하고 지키는 데에서

끝나지 않으리라, 감히 짐작할 수 있습니다. 제 안의 이야기가 글이 되어 세상에 빛을 보는 순간, 그 글은 또 다른 누군가 혹은 무언가를 찾아내겠지요. 그렇게 글은 저와 당신을 연결하는 고리가, 지난했던 우리의 오늘과 조금은 나아질 모두의 내일을 잇는 동아줄이 될 겁니다.

쓰다 보면 내가 보입니다

정아

쓰다
보면

곁이
보입니다

종이 밖을
뛰쳐나온 글쓰기

글쓰기가 언제부터 제 삶에 들어왔는지 기억을 더듬어 보았습니다. 한글을 떼고 의무적으로 써야 했던 일기 쓰기 외에, 내 손으로 직접 '써야겠다.'고 마음먹은 순간이 언제였는지를요. 가장 원초적인 기억을 더듬어 보니 거기엔 선생님의 눈을 피해 수업 시간에 친구에게 보내는 쪽지 한 장이 있었습니다.

공책의 귀퉁이 한켠을 찢어 연필로 꾹꾹 눌러 쓴 쪽지 한 장. 옆에서 누가 '쓰지 말라.' 뜯어말려도 기필코 쓰고 자 했던 강력한 동기. 이것이 제가 기억하는 가장 오래된 '쓰고 싶은 욕구'의 원형이었습니다. 그 때문일까요? 지금도 쓰고 싶다는 생각이 들면 종이를 먼저 펼칩니다. 아무도 없는 텅 빈 운동장 같은 그곳에 사각사각. 속상했던 마음, 복잡한 심경, 목놓아 울고 싶을 때나 양껏 떠들고 싶은 날, 덤덤하게 지나가는 보통의 하루도 한 줄 한 줄 풀어내다 보면 차곡차곡 기분이 정리되는 느낌이 들거든요.

신혼 때는 특히 자주 종이를 찾았습니다. 한국과 일본을 오가던 원거리 연애를 마치고 명실공히 부부가 되어 사랑하는 사람과 한 공간에서 살게 된 것은 더없이 반가운 일이었지만, 그게 전부인 내 하루는 초라하고 볼품없어 보였습니다. 그럴 때면 공연히 '무슨 복을 누리자고 남의 나라 땅에서 이러고 있나. 내 나라 내 땅이면 내 목소리로 실컷 소리 지를 수 있을 텐데' 하는 억울한 마음이 들었죠.

그럴 때마다 종이 위에 적었습니다. 어디에 가서 무엇을 보고 누구를 만나 어떤 감정을 느꼈는지. 나의 하루와 나의 마음이 바스러져 없어지지 않도록 내 손으로 단단히 빚어내고 싶다는 생각이 들었습니다. 누가 뭐라 해도 종이만큼은 내 땅이니까, 글에서만이라도 내 나라말로 떠들어보자, 속이 후련해질 만큼. 나라도 내 마음 보듬어 줄 수 있게. 그런 심정으로요.

처음엔 글을 써도 여전히 답답했습니다. 내가 하고 싶은 말은 이게 아닌데……. 마음과 생각을 대변해 줄 꼭 맞는 말을 찾지 못해 엉망으로 줄을 긋고 찢어버린 페이지도 있었어요. 소란스러운 감정을 탈탈 털어 꼭 맞는 단어를 입히고, 어제 쓴 글에 오늘의 마음을 덮어쓰면서 점점 글은 나와 비슷한 꼴을 갖춰 가기 시작했습니다. 그렇게 나는 글이 되고, 글이 내가 되어주면서 글쓰기는 '내가 나 다워지는 일'이 되었습니다. 쓰면 쓸수록 그 실체는 더욱 단단하고 정교해졌습니다.

그런데 이상한 일입니다. 그렇게 종이 위에 얌전히 누워있을 것만 같았던 글이 자꾸 종이 밖으로 뛰쳐나가려고 하는 게 아니겠어요. 부족한 글이라는 걸 알면서도 블로그에, SNS에, 작가들의 등용문이라는 브런치에 자꾸자꾸 올리고 싶어지고, 그러다 보니 내 글만큼이나 다른 사람의 글에도 눈이 가고요. 마치 선생님의 눈을 피해 친한 친구에게 보내고 싶은 쪽지 같다고나 할까요.

나중에 알게 된 사실이지만 글은 태생부터 그런 성질을 가지고 있더군요. 나에게서 시작해 독자로 나아가는 성질이요. 쪽지를 건네는 마음으로 수줍게 고백합니다.

'우리의 글은 읽히기 위해 태어났어요.'

쓰다 보면 겹이 보입니다

보이는 글쓰기가 아직
쑥스럽다면?

1.   아날로그인 당신, 종이에 써 본다.

2.   워드나 메모장 어플에 옮겨 적어 문서화한다.

3.   SNS나 블로그 등 온라인에 올리되 비공개로
     한다.

4.   전문을 다 올리기가 쑥스럽다면 하이라이트만
     축약해서 공개해 본다.

5.   댓글로 소통하며 다른 사람들이 올린 글을 많이
     읽는다.

6.   글의 양을 늘려가며, 마감을 정해 올려보는 것
     도 좋다.

7.   오그라들지 말고 주변에서 부르는 '작가'라는 이
     름에 차차 적응해 간다.

쓰다 보면 결이 보입니다

글의 귀천을
따지지 말라

문제

옷장에 옷은 많은데 입을 옷이 없다?

냉장고에 든 건 많은데 먹을 것이 없다?

위 문장에 '그렇다.'고 대답한 당신. 그렇다면 혹시 글감은 넘쳐나는데 쓸 글이 없지는 않나요? 하루에도 수십 번 들락이는 인스타그램에 #먹스타그램 #책스타그램

#육아스타그램 으로 이어가는 해시태그는 줄줄이 달면서도 정작 내 마음 엮은 글 한 편 제대로 적는 일은 쩔쩔매고 있지 않으신가요?

엇, 잠깐만.

어떻게 아냐고요?

네…… 고백합니다.

사실, 제가 그래서 그래요.

쓸 거리는 발에 채도록 넘쳐나는데 글로는 안 써지는 이상한 마법. 이거, 도대체 왜 이러는 걸까요?

세상에 입을 것 없다고 하는 사람 중에 벗고 사는 사람 하나 없고, 먹을 거 없다는 사람치고 냉장고에 쟁여둔 떡 한 봉지 없는 사람은 없을 겁니다. 다시 한번 마음에 손을 얹고 물어봅시다. 진짜 없어서 못 쓰는 건지. 좀 전까지 습관적으로 올린 그 사진과 해시태그는 다 뭔지. 오늘 아침 태워 먹은 계란 후라이나 차마 애들 앞에선 못 내뱉었던 남편을 향한 분노 (저만 그런가요?), 비가 오면 오는 대로 날이 맑으면 맑은 대로 이래도 걱정 저래도 걱정인 푸념들. 그거 다 글감이고 재료인데. 왜 글이 되지 않는 걸까요?

정답을 알고 있습니다.

그거 다,

잘하려고 그래서 그래요.

너무, 잘하려고 그래서 그래요.

처음부터, 너무, 잘하려고 그래서 그래요.

집 안에 나를 찾는 이 아무도 없고, 약속한 사람도 출근할 직장도 없는 늦은 주말 아침을 떠올려 보세요. 이 완벽하고 자유로운 공백의 시간. 입을 옷이 없으면 어떠하리! 어제 입었던 옷을 한 번 더 입어도 되고, 잠옷 바람으로 조금 더 있는데도 뭐라고 할 사람은 없습니다. 반바지든 탱크톱이든 있는 그대로 편안하게, 크게 힘들이지 않아도 괜찮습니다.

글도 마찬가지입니다. 호흡이 짧으면 짧은 대로. 단어의 나열도 글이고, 나만 알아 볼 수 있으면 점만 찍어도 글입니다. 그러니 인스타그램 해시태그라고 왜 글이 아니겠습니까.

'아니, 암만 그래도 언제까지 해시태그도 글이라며 정신 승리만으로 버틸 수 없지 않은가?' 하시는 분들을 위해 섭섭하지 않게, 제가 숨겨 왔던 소소한 팁을 하나 소개해 보겠습니다.

방법은 간단합니다.

먼저 인스타그램에 조각조각 올린 해시태그를 준비해 주세요. 다음은 샵을 떼고 풀칠을 합니다. 딱풀이든 물풀이든 밥풀이든 그건 중요하지 않습니다. 줄줄이 늘어놓은 태그와 태그 사이의 공백을 채워주세요.

예를 들어 오늘 올린 사진 아래에

#책스타그램 #글스타그램 #일상에세이 #한일부부 #해외생활 #일본생활

이라고 적었다면, 해시태그를 떼고 주어, 동사, 조사를 넣어 붙여봅니다.

책을 읽고, 글을 씁니다. 일상을 담은 에세이를 주로 씁니다. 13년 차 한일 부부로 해외 생활을 하며 일본에서 사는 일상을 공유합니다.

짜잔~! 쑥스럽지만 어쨌든 두 줄짜리 글이 완성되었습니다. 해시태그에 익숙해지면서 우리는 문장을 쓰는 일을 부끄러워하는 건 아닐까요? 해시태그는 마치 영어 발음을 알면서도 일부러 하게 되는 콩글리시같이 나와 글 사이를 데면데면하게 만드는 것 같아요. 하지만 지금 여러분의 머릿속에 든 생각(훗날 소중한 글감이 됩니다)을 인기 해시태그로 뚝뚝 잘라먹지 말고 글로 이어 붙이는 연습을 해보세요.

한 줄을 쓰는 용기를 내지 않고서야 문장은 태어나지 않고, 문장과 문장을 이어 붙이는 수고를 들이지 않고서야 문단이라는 덩어리는 뭉쳐지지 않습니다. 백지를 하염없이 바라보면 그저 백지지만, 화선지에 먹물로 점 하나 찍으면 누가 또 아나요. 그걸 예술이라고 쳐줄지.

그래, 뭐라도 한 줄 적자. 점이라도 찍자는 마음으로 시작해 보는 겁니다. 어느 날은 한 문장에서 끝나기도 하고, 또 어느 날은 두 장 세 장이 우습게 넘어가는 날도 있었어요. 많이 썼다고 좋은 글은 아니어서 감정의 배설물 같은 글도 많았지만 아무렴 어떤가요. 길든 짧든 어쨌든 내가 쓴 글은 내 배 아파 낳은 자식이고 그게 좀 못생겼더라도 세상에 단 한 사람, 나만큼은 묻지도 말고 따지지도 말고 사랑을 담뿍 주어야지 않겠어요?

글의 귀천을 따지지 맙시다. 댓글도 글이고, 카톡 메시지도 글입니다. 그거 하나 생각하느라 얼마나 품이 많이 갔나요? '점만 찍어도 글이고 숨만 쉬어도 말이다.' 후하게 쳐줍시다.

지금도 엉성하고 볼품없지만 여기 글 한 편이 만들어졌고 이제 마침표만 찍으면 마무리가 됩니다. 잊지 마세요. 다이어트도 1그램부터고, 글쓰기도 한 줄부터입니다.

쓰다 보면 결이 보입니다

#해시태그를
글로 바꾸는 방법

1. 해시태그의 #를 떼어낸다.
2. 단어의 앞 뒤로 주어, 조사, 동사를 붙인다.
3. 개연성이 있도록 순서를 재배치한다.
4. 단 한 줄이라도 잘했다 칭찬하며 엄연한 글로 쳐준다.
5. 자신감이 8할이다.

전편 다시 읽어보기

댓글도
글이더라

　글쓰기와 요리는 닮은 구석이 참 많습니다. 비록 전요. 알. 못. (요리를 잘 알지 못하는 사람) 이지만 요리를 잘하시는 금손 지인분들을 많이 둔 덕분에 보는 눈만큼은 뒤지지 않는다고 감히 자부할 수 있습니다. 매일 같이 인스타그램에 올라오는 예쁘고 정갈한 밥상을 보고 있으면 안 먹어도 배부르고, 덩달아 '오늘은 나도 식탁보를 깔아볼까?' 싶은 산뜻한 마음이 듭니다.

　그 한 상차림을 준비하는 동안 무엇을 만들지 고민하

는 시간, 재료를 다듬고 조리하는 과정 하나하나에 쏟은 작은 수고와 정성은 티스푼과 계량기로는 감량할 수 없는 것들입니다. 인스턴트나 냉동식품, 배달 음식같이 간편하게 때울 수 있는 먹거리가 지천에 깔린 요즘, 굳이 이런 정성과 수고를 들이는 이유는 밥상에 둘러앉아 같이 먹어주는 사람들이 있기 때문이 아닐까요?

글도 마찬가지입니다. 나 혼자 쓰고 보는 일기장이라면 아무렇게나 휘갈겨 쓰고 버릴 수 있지만 누군가가 읽어주고 거기에 답을 해주는 기쁨은 세상에 꺼내놓지 않았다면 몰랐을 소중한 경험이에요. 자신의 소중한 시간을 내어, 애써 감상을 남겨주는 독자들이 있기에 댓글에 기대어 다음도 써 보자는 마음이 불끈! 샘솟습니다.

글쓰기에 재미를 붙이면서 어떤 글을 써볼까? 무미건조한 일상의 에피소드를 어떻게 한 번 재미있게 썰을 풀어볼까? 그런 고민을 자주 했어요. 하지만 초보 작가의 곳간이란 그리 넉넉지가 않아서 밑천이 동나는 데 그리 오랜 시간이 걸리지 않았습니다. 곳간이 비어가자 다른 이들은 어떻게 쓰나…… 뒷짐 지고 기웃기웃 거리는 일이 많아졌습니다.

그렇게 내 글을 쓰는 시간만큼이나 다른 이의 글을 읽는 시간이 늘었더니 글쎄, 예상치 못 한 곳에서 변화가 일어났지 뭐예요. 주고받는 '댓글'의 양이 엄청나게 늘어난 겁니다. 사실 저는 사물을 금방 정의 내리고 규정짓는, 때때로 유용하지만 실은 나쁜 습관을 가지고 있었습니다. 자세히 들여다보지 않고 저만의 잣대로 내린 규정은 삶을 효율적으로 살게 할 순 있어도 깊이는 포기해야 했어요.

가볍게 보고 지나쳤던 타인의 글을 다시 한번 유심히 들여다보니 어설픈 선입견이 사라지고 상대의 수고와 정성이 매직아이처럼 선명히 보이기 시작했습니다. 이제는 그냥 지나칠 수 없어 어떻게든 댓글로 내 마음을 붙여 놓는 것이 일상이 되었어요.

"그런 일이 있었군요."

"그렇게 생각할 수도 있네요."

"어머, 나도 그랬는데!"

물론 모든 글에 댓글을 쉽게 달 수 있는 것은 아닙니다. 어떤 때는 하고 싶은 말이 툭 튀어나와 재빨리 손이 먼저 반응하기도 하고, 어떤 때는 몇 번을 쓰고 고치며 내 글 쓸 때 보다 더 많은 시간을 고민하기도 해요. '이

작은 댓글 창이 뭐라고…….' 싶겠지만 댓글 역시 하나의 글이라는 생각이 들어서입니다. 그것도, 한 사람을 위한 글 말이죠.

댓글이야말로 '한 사람을 위한 밥상'입니다. 내가 얼마나 잘 쓰는지를 보여주는 게 아니라 그 사람이 얼마나 기뻐할지를 생각하며 쓰는 글. 불필요한 수식들은 덜어내고 그 자리에 진심 어린 마음을 담은 글. 그러니 먹어줄 상대의 얼굴을 떠올리며 고봉밥같이 그득한 마음을 담아 내드리고 싶습니다. 거하게 차린 밥상은 아니지만, 시간이 허락하는 한 요. 알. 못. 인 내가 대접할 수 있는 최선을 다해서.

이 글을 쓰기까지 댓글도 글이 될 수 있다는 좋은 영감을 나눠 주신 홍석준 작가님(브런치 작가명: 초록 Joon, https://brunch.co.kr/@tometoyou)께 특별히 감사 말씀드립니다.

마음이 닿는 댓글 쓰기

댓글은 그 사람만을 위해 선사하는 꽃다발 같은 것이라고 생각합니다. 저는 시간이 없어 못 쓸망정 엉터리로 쓰고 싶지는 않아서 댓글 쓰기를 위한 시간을 따로 정해놓습니다. 약속한 시각에 만나는 데이트처럼 말이죠.

눈앞에 커피 한 잔을 두고 마주 앉아 있다는 생각으로 사진과 글을 찬찬히 들여다보면서 '눈을 마주치고 손을 맞잡았다면 무슨 말을 했을까?' 하는 생각으로 생각을 적어봅니다.

깊이 소통하고 진심을 전하고 싶은 상대라면 시간을 내어 진심으로 댓글을 나눠보면 어떨까요?

쓰다 보면 결이 보입니다

이제 입방정 그만 떨고
글방정 떨자

입방정.

그동안 저는 입방정 때문에 손해 보는 일이 많았습니다. 입만 열었다 하면 말이 미끄러져 누군가에게 상처 주기도 하고, 스스로도 괴로웠던 경험이 넘치도록 많았어요. 살아 오면서 안타깝게 등 돌린 대부분의 관계는 백이면 백, 요 '입'이 문제였습니다.

한 번 두 번, 비슷한 문제들을 반복하며 나름의 학습이 되자 이제 '말을 말자.'로 전략을 바꿨습니다. 되도록 말수를 줄이고 감정을 드러내지 않기로 마음 먹었어요. 이번엔 아는 사람들로부터 '변했다.'는, 새로운 사람들에게는 '차갑고, 싸가지 없다.'는 오해를 샀습니다. 게다가 표정을 다 숨길 정도로 영리하진 못했는지, 감정을 누르면 누를수록 얼굴이 다 말해주는 꼴이 되었어요.

애정을 가지고 쓴소리를 해 주는 사람들은 '너는 그 입 좀 조심해라.' '언젠가 큰 코 다친다.'라고 대 놓고 이야기해 주었지만, 대부분의 사람들은 상종을 해 주지 않는 것으로 피드백을 대신했습니다.

아프고, 외로웠습니다. 저를 가장 힘들게 했던 것은 다른 사람이 아닌 자신을 점점 못 믿게 된 것이었어요. '도대체 나는 왜 이리도 입방정을 떠는 걸까. 붕어 대가리도 아니고 왜 같은 실수는 반복하는 것일까.'

고민해도 답은 나오지 않았습니다. 나의 까칠함을 받아들이는 수밖엔 방도가 없는 듯 보였습니다. 임시방편으로 부딪히는 횟수를 줄이기 위해 거리를 두기로 했지만, 웅크리고 있으니 모두가 적으로 느껴졌습니다. 결국, 남을 사람은 남고 떠날 사람은, 떠났습니다.

하고 싶은 말은 쌓여가고 그것을 뱉어낼 수 없는 날들이 계속 되던 어느 날, 쏟아져 나오는 감정과 생각을 글로 적었습니다. 맞춤법도 문법도 엉망이지만 한 자리에 모아 놓고 짬이 날 때마다 이리 붙이고 저리 붙이며 한 줄 한 줄 꿰매 보았습니다. 불편하고 어수선했던 감정을 글로 적어보니 의미가 또렷해졌습니다.

감정을 펼쳐 놓고 단어를 골라내는 동안 정리가 되고, 하나의 글로 구성하면서 마음까지 차곡차곡 정돈되었습니다. 내 안에서 정리가 되니 다른 사람들에게 전달하는 것도 한결 수월해졌습니다. 화자와 청자에 따라 해석이 달라지는 말과 달리, 글은 생각의 좌표를 비교적 정확하게 찍어주니까요. 오해의 소지도 점차 줄어들었습니다.

그렇게 계속하는 작은 마음으로, 투박하지만 내 손으로 손질하고 다듬은 글을 SNS에 올리기 시작했습니다. 처음에는 그마저도 힘에 부쳐 지속되지 않았어요. 길이도 내용도 중구난방, 감정의 쓰레기통 같은 글이 대부분이었습니다. 그런데……

"정아 씨 글은 계속 읽어 내려가게 하는 매력이 있어요."
— 회사 동료 C가 댓글로 달기는 쑥스럽다며 보내온 메시지

"나는 글로 너를 만나고 있어. 건강 조심해."
— 오랫동안 보지 못했던 선배 H에게서 온 안부 메시지

그 외에도 '담백한 글이네요.' '흥미진진하고 맛깔난 표현이에요.' '다음 편이 이렇게 기대가 될 일?' '글 좋네요. 브런치도 구독할게요.' '유쾌한 글 잘 읽었어요.' '공감 돼요.' '울컥해요.' 댓글에 달린 고마운 피드백들에 어안이 벙벙했습니다.

술술 읽힌다구요? 맛깔난다구요? 아프거나 따가운 게 아니라요?

서툴고 모자란 글에도 마음을 써 주시는 분들이 계신 덕분에, 설령 거짓말 조금 보태고 겉치레 팍팍 첨가한 말이라도 저는 이 말을 곧이곧대로 믿고 싶습니다. 처음부터 누가 봐주기를 기대하고 쓴 글은 아니었지만, 독자의 한마디를 씨앗 삼아 계속 쓰는 사람으로 성장하고 싶어요. 입방정 대신 글방정으로요.

관종임을
인정하기까지

좋아요 348개, 코멘트 78개?!

아니, 이게 도대체 어떻게 된 일이지?

지난밤 인스타그램에 올렸던 글에 달린 '좋아요'와 코멘트 수. 이전까지 볼 수 없었던 숫자라 보고 또 보고, 다시 보고 세어보기까지 했습니다. 이게 꿈이야 생시야? 세상에는 팔로워가 몇십만 명씩 되는, 소위 '인플루언서'로 불리는 사람들이 있다고는 들었지만, 별것 아닌 일상을 끄적이는 제 피드에 다시 없을 숫자를 보고 나니 어안이 벙벙하더군요.

어허허, 근데 잠시만······ 왜 자꾸 입꼬리가 올라가는 거지요? 지 맘대로 이쪽저쪽, 씰룩쌜룩. 그야말로 '깡깡총' 뜀박질하더라니까요. 물론, 그때가 답니다. 딱 한 번 그랬어요. 그날 이후로 제 피드에선 본 적도 없고 들은 적도 없는 숫자입니다. 하지만 이미 봐버렸으니 어째요. 그날의 깡깡총, 한 번 더 느껴보고 싶다 말하면 과한 욕심일까요.

"저는 보이려고 쓰는 건 아니에요. 자기만족을 위해 글을 씁니다."

"누가 제 글을 보겠어요. 다른 사람이 알아주지 않아도, 나를 위해 쓰는 글이에요."

"책을 쓰다뇨~(손사래). 당치도 않아요! 그냥 소소하게 제 일상을 공유하는 정도예요. 그냥 이렇게 꾸준히 쓸 수만 있으면 좋겠습니다."

네, 맞아요. 다 제가 한 말입니다. 그동안 저 자신까지 감쪽같이 속여가며 말이에요. 이 자리에서 솔직하게 고백합니다. 더 이상 숨기지 말자. 아니라고 뻥치지 말자. '그래, 맞아. 나 관종이야.' 라고요. 그동안은 제가 잘 몰라서 그랬어요. 고기도 먹어본 놈이 안다고, 누군가가 읽어주고 반응이 돌아오는 폭발적인 경험을 하고 나니 거기서 오는 희열과 아드레날린을, 이제야 느꼈지 뭐예요.

우리 모두가 흠모하는 이름, 독자. 독자씨! 감정이고 경험이고 지식이고, 밑바닥이 훤히 다 들여다보이는 제 글을 누가 읽는다 생각하면 부끄럽고 숨고 싶어집니다. 때로는 귀찮기도 해요. 혼자 쓰면 쓰고 싶을 때, 쓰고 싶은 만큼 썼다가 또 지울 수도 있지만 누가 본다 생각하면 한번 쓰고 두 번 쓰고 자꾸만 써야 할 것 같은 의무감이 드니까요.

근데 그거 아세요? 우리는 모두 알게 모르게 독자 씨를 마음에 품고 있다는걸. 혼자 보고 싶은 일기? 그거 다 거짓말입니다. 일기장에만 숨죽여 있을 것 같았던 오글거리는 갬성은 싸이월드 일기장을 지나 인스타그램으로 불씨를 옮겨왔고, 블로거에서 만족했던 사람이 이제는 브런치의 작가님으로 대접받으며 사는 세상입니다. 도망치기는커녕 더 그럴싸한 곳으로 옮겨 왔을 뿐 본질은 같아요. 그건 우리가 나쁜 마음을 먹어서도, 주제를 몰라서도 아닙니다. 물론, 독자 씨를 흠모하기는 하지만 우리 잘못은 아니에요.

글의 본질은 읽히는 것입니다. 언어는, 말과 글은 표현하기 위함이고 많든 적든 글을 읽는 독자를 전제로 합니다. 독자가 두렵기도 하지만 다음을 쓰게 하는 원동력이 됩니다. 읽어줄 누군가를 떠올리며 한마디라도 더 생각하게 되고, 한 글자라도 더 바른말을 고르게 되고요. 서로가 서로의 독자가 되어 반응을 주고받으면 덩실덩실 어깨춤도 나고, 때로는 더 먼 곳을 바라보게도 합니다. 어쩌면 한 줄에서 한 편으로, 한 편에서 한 권으로 갈 수도 있지 않을까……, 이들과 함께라면.

때론 다른 생각과 만나 겁이 덜컥 나는 순간도 있지만, 이것도 괜찮아요. 여러 번 반복하다 보면 맷집도 생기고, 받아들이고 맞춰가는 법도 배우게 됩니다. 나와 내 글을 세상에 내보이는 일은 설레는 긴장감을 느끼며 앞으로 나아가는 것이니까요.

그러니 아직도 '나는 나만 보려고 쓴다.' 하시는 분이 있다면 함께 관밍아웃 하시면 어떻겠습니까. 세상에 내놓을 때 글은 더 좋아지고 나는 더 풍요로워 질 거예요.

아 참! 가실 때 인스타그램 아이디도 잊지 말고 알려주세요. 좋아요, 댓글, 팔로우~ 하러 가겠습니다.

쓰면 쓸수록
느는 건 글 밖에 없어

'언제 이렇게 다 썼지?'

통장을 스쳐 지나가기만 하는 월급, 큰맘 먹고 산 고가의 아이크림, 입학할 때만 해도 가지런했던 아이의 필통 속 연필도, 아끼고 아꼈는데도 바닥을 보이는 귀하디귀한 국간장도……, 모든 물리적인 것들은 쓰면 쓸수록 닳거나, 줄거나, 사라지기 마련입니다. 시간이 가는 것만큼이나 당연한 이치인데도 눈앞에서 사라지는 것들을 보면 불쑥 서운한 마음이 들곤 합니다.

하지만 쓰는 족족 사라지는 것들에 비해 줄기는커녕 느는 것이 있습니다. 머리를 써도 힘을 써도 진이 빠지기 마련인데, 이건 써도 써도 줄지 않고 오히려 늘기만 하니 이 얼마나 수지 좋은 장사인지요!

글쓰기는 어디 가지 않습니다. 아니, 글은 처음부터 쓰라고 태어난 놈입니다. 오죽하면 '글쓰기'라고 '글'과 '쓰기'를 띄어쓰기도 없이 한 단어로 찰싹 붙여 놨겠어요. 펑펑 쓴다고 해서 도망가거나 사라지지 않으니 걱정이 없습니다. 종이면 종이, 워드면 워드. 그곳이 어디든 쓰기만 하면 얌전히 그 자리에 머무릅니다. 쓰면 쓸수록 두둑이 쌓일 뿐 아니라 언제든 다시 꺼내 읽을 수 있어요. 운이 좋으면 나 아닌 다른 사람이 읽어주기도 하니 남는 것도 모자라 두 배, 세 배 뛰는 복리 이자죠.

글만 느나요? 나도 늘어요. 글쓰기의 근육이 늘어나는 것이죠. 왜 이거밖에 못 썼을까 뼈대만 앙상한 빈약했던 글도 쓰고 또 써서 생각을 덧대어 가다 보면 글도 나도 멋진 근육질이 되어가는 경험을 할 수 있습니다.

또 있습니다. 글로 써 비워낸 만큼 반드시 채워진다는 것. '헌집 줄게, 새집 다오.' 같은 기적의 두꺼비는 죽었다 깨나도 없지만, 글쓰기는 다릅니다. 경험과 감정, 생각을 글로 와르르 쏟아내고 나면 새로운 것들이 찾아 들어와 빈자리를 채워 줍니다. 묵은 것들을 오래 붙잡고 있는 것보다 비워내고 또 채울 때, 언제나 신선하게 지금을 사는 나로 존재할 수 있습니다.

긴 글쓰기가 어렵다면

쓰면 쓸수록 는다고는 하지만 한 줄 쓰기에서 긴 글쓰기로 나아가려면 사실 요령도 필요합니다. 다작으로 유명한 무라카미 하루키는 매일 같은 시간, 같은 자리에서 같은 호흡으로 글을 쓰고 심지어 같은 분량의 글을 쓴다고 하더군요. 글을 쓰는 일련의 과정이 내재된 것이지요. 하지만 저는 제 하루를 온전히 글쓰기에 내어줄 수 없는 노릇이라 늘 조각난 글을 씁니다. 아이들이 미처 깨지 않은 새벽 시간에 조금. 학교와 어린이집에 보내고 출근길 전철에서 또 조금. 점심시간에도 생각나는 것들을 한 조각 써 놓았다가, 집에 돌아와 모두가 잠든 까만 밤이 되면 조용히 침실을 빠져나와 주섬주섬 조각난 글과 마주합니다. 그나마도 아이를 재우다 함께 잠들어 버린 밤은 말짱 도루묵입니다. 다시 다음 날을 기다려야 겨우 쓰는 사람으로 살 수 있어요.

그래서 종종 길을 잃습니다. 어디까지 썼는지, 무슨 이야기를 하려고 했는지 깜박깜박. 수첩과 메모장에는 그렇게 글이 되지 못한 짧은 글들이 잔뜩 쌓여있습니다. 시도 아닌, 그렇다고 산문도 아닌, 어중간한 글들이요. 간혹 남편이 아이들을 봐주는 땡잡은 날이면 가벼운 글감도 가래떡처럼 주욱 늘여 쓸 수 있었지만, 두고두고 남기고 싶어 아껴 놓은 에피소드임에도 날 것 이상의 살이 붙지 않아 찝찝한 채로 마침표를 찍어버린 적도 있어요. 한 줄은 있는데……, 여기서 시작하면 되는데……, 이대로는 안 되겠다 싶어 한 줄을 한 편의 글로 뻥튀기할 수 있는 방법을 고민해 보았습니다.

분량을 생각하자

그러고 보니, 얼마나 써야 다 쓴 건지 제 안에 기준이 없더군요. 무조건 많이, 길게 써야지가 아니라 내가 쓰고 싶은 글 한 편의 분량이 어느 정도 인지 가늠하는 일부터 시작해 보기로 했습니다. 현재 내가 얼마큼 쓰고 있고, 앞으로 얼마나 더 써야 하는지를 알면 무조건 적인 빈곤 상태에서 벗어날 수 있을 것 같았습니다.

이럴 때 거인의 어깨를 빌리는 게 가장 빠르고 확실한 법이죠. 결이 다른 세 사람의 글을 참고했는데 일본 작가의 일상 에세이, 국내 베스트 셀러 작가의 인문서, 비지니스 분야의 번역서의 한 꼭지씩을 워드에 옮겨 보았

습니다. 세 글의 평균 글자 수는 약 2000자. A4 용지로
는 2장 정도가 되더군요.

　'그래, 앞으로 내 글의 분량은 A4 용지 두 장으로 하
자! 이 모퉁이부터 저 종이 끝까지 가는 거야!' 뚜렷한
목표를 세우고 나니 막막함이 다소 사라졌습니다.

말하듯 쓰기

　그다음은 어떻게 되었을까요? 일사천리 일필휘지로
마침표를 찍었습니다……라고 말하고 싶지만, 당연히
그런 기적은 없었죠. 눈앞에 글을 가져다 놓아도 열 줄
을 넘기기 어렵더군요. 어떤 작가들은 피아니스트가 건
반 위에 손을 얹듯, 키보드에 손을 올리면 재즈 선율처
럼 즉흥적으로 술술술 글이 써진다는데, 제 손가락엔 그
런 재주가 없으니 범인(凡人)은 범인 나름의 방법을 찾
아야 했습니다. 소주는 깡! 싸움은 맨주먹! 운동은 맨손
운동을 좋아하는 저는 맨입으로 쓰는 방법을 택했습니
다.

　글로 쓰면 어려운데 누군가에게 말로 설명한다고 생
각하면 마음이 한결 편해지잖아요. 배경에 대해 설명하
거나 이야기의 앞과 뒤를 이야기하면 글의 양을 늘리는
데 도움이 됩니다. 같은 부분을 몇 번이고 읽어보면서

말이 되는지, 자연스러운지도 염두에 둡니다. 스스로 설득되지 않고 걸리는 구간이 있으면 보드라워질 때까지 몇 번이고 대패질을 해서 첫 문장부터 마지막 마침표까지 한숨에 읽어도 불편함이 없을 때, 글을 내보냅니다. 참고로 이 방법의 치명적인 단점은 평소의 입버릇이 글에 고스란히 나온다는 점이니 주의하세요.

단단하게 쓰기

입으로 쓰는 글쓰기가 양을 늘리는 거라면, 자료를 이용한 쓰는 글쓰기는 질을 높여줍니다. 질 좋고 올바른 정보는 신빙성과 객관성, 정당성을 동시에 얻게 되니까요. 마치 든든한 백을 옆에 둔 것 같은 느낌이랄까요. 물렁했던 글을 단단하게 채우려면 쓰는 시간보다 쓰지 않는 시간이 더 높은 비율을 차지하기도 합니다.

단, 자료를 찾는 것은 양날의 검이 될 수 있습니다. 찾은 자료는 절대 그대로 붙여서는 안 된다는 점. 충분히 찾아보고 충분히 이해하되 나의 언어로 써 내려가야 합니다. 너무 많은 것을 한 번에 넣으려고 해서도 안 되고요.

또 주제가 불분명한 상태에서 무턱대고 순진하게 자료 찾기에 돌입하면 길을 잃을 수 있습니다. 빅데이터와 알고리즘의 무차별 공격에 온몸이 만신창이가 되어 어디서 발견될지 아무도 모르니, 부디 살아 돌아오려면 목적의식을 가지고 원하는 자료를 잽싸게 찾아 돌아와야 합니다.

다채롭게 쓰기

초록을 표현하기 위해서 반드시 초록색 물감이 필요한 것은 아닙니다.

"정아 작가님의 글에는 비유와 묘사가 많아요."

글체에 관한 이야기를 나눴을 때 글쓰기를 함께 하시는 진아 작가님께서 해주신 피드백입니다. 모국어가 아닌 환경에서 오래 생활하다 보니 늘 어휘의 부족함은 느끼기 마련인데, 부족한 어휘력 때문에 오는 불편함과 부족함을 채우기 위한 나름의 방편으로 모색하게 된 것이 '같은 말을 여러 각도에서 반복하기'였습니다.

예를 들어 저는 양질 변환이 일어나는 '임계점'이라는 단어를 참 좋아하는데요, 같은 말을 여러 번 쓸 수 없어 그때마다 다른 표현을 고민하곤 했어요.

쓰지 않는 사람이 쓰는 사람이 되기 위해선 몸이 향해

있는 각도를 트는 힘이 필요합니다. 말하자면 팔씨름 같은 것입니다. 넘어갈 듯 넘어가지 않던 사람이 어느 지점을 넘으면 완전히 쓰는 사람, 아니 쓸 수밖에 없는 사람으로 전향하게 됩니다.

누구에게나 책으로 쓸 만한 이야기 하나쯤 있습니다. 그러니 당신도! 라고 등 떠미는 순간, 알게 모르게 차올랐던 '쓰고 싶다.'라는 욕망의 물잔이 '찰랑'하고 넘쳐 흐를지 모릅니다.

어느 날은 팔씨름으로, 어느 날은 물 잔의 찰랑거림으로 모양을 달리해가며 임계점이라는 것을 그려내 보려고 했습니다. 잘 전달이 되었는지는 모르겠지만 적어도 단 한 사람, 내 안에는 또 하나의 선명한 이미지가 자리잡았습니다.

아이쿠 이런! 긴 글쓰기에 대한 이야기를 쓰다 보니 A4용지 3장이 다 되어 가네요. 글을 다 쓰고 날 때쯤에야 글의 형태가 보이다니. 글이 너무 길어도 문제입니다. 글이 너무 길어질 땐 분량을 반으로 줄여보는 것도 좋다는데 저는 도오저히 손이 떨려 못하겠습니다. 차라리 손목을 자르고 말지!

글도 화면빨을
받는다

"크으~ 취한다 취해. 어쩜 이런 문장이 나한테서 나왔지?"

내 글을 읽고 스스로 크으~ 취하는 경험, 없으신가요? 어떤 분들은 한 번 쓴 글은 쳐다도 안 본다지만, 저는 제가 쓴 글이 배 아파 낳은 내 자식 같아 보고, 보고, 또 봅니다. 앞으로 보고, 뒤돌아 보고, 거꾸로 뒤집어 봐도 질리지 않더라고요. 혹시 이거…… 병일까요?

다년간의 자가 임상 실험에 따르면 아무래도 병이 맞는 것 같습니다. 분명 조금 전까지 깨물어도 안 아프던 자식같이 예쁜 글이, 밖에만 내놓으면 곰보에 오징어, 꼴뚜기처럼 보였으니까요. 다행히도 방법이 전혀 없지는 않습니다. 글도 화면빨을 받거든요. '귀한 자식일수록 여행을 보내라(可愛い子には旅をさせよ).'는 일본 속담처럼 이쁘고 귀하다고 품 안에 감싸지 말고 자꾸자꾸 밖으로 내보내서 넓은 세상을 만나게 해야 합니다.

디테일을 다듬을 수 있다

혼자 쓰는 글쓰기와 남이 읽어주는 글쓰기의 가장 큰 차이는 긴장감에 있습니다. 티끌 하나 없이 완벽해 보였던 글도 업로드, 공개, 발행 버튼을 눌러 세상의 빛을 쬐는 순간, 오탈자며 띄어쓰기, 구두점 하나까지 세세하게 현미경으로 들여다보듯 눈에 들어옵니다. 분명 몇 번이고 지겹게 봤는데도 보이지 않았던 옥의 티들이요. 사르트르가 말하길 '작가는 자신이 쓴 것을 스스로 읽을 수 없다.'고 했는데, 글을 공개하는 순간 조금이나마 객관적으로 바라볼 수 있는 것 같습니다. 하지만 덕분에 디테일을 다듬을 수 있으니 기초화장은 된 거겠죠?

적절한 어휘를 찾게 된다

이, 그, 저, 거시기……, 혼자 쓸 땐 통하던 말들도 읽히는 글쓰기가 되려면 제대로 갖춰 입어야 합니다. 살 부대끼며 사는 가족도 내 맘 같지 않은데, 개떡같이 말해도 찰떡같이 알아줄 마음씨 좋은 사람은 세상에 몇 없으니까요. 얼버무린 헐렁한 단어도 꼭 맞는 옷으로 갈아입히고, 알 수 없는 감정에도 이름을 붙여주고, 애매했던 느낌에도 선명한 색을 입혀야 합니다. 적절한 어휘를 찾은 일은 손님상을 대접하는 일과 비슷합니다. 손이 많이 가지만, 그만큼 읽는 사람의 손도 많이 탈 수 있어요.

논리적으로 정돈된다

생각과 글은 다릅니다. 머릿속으로 이 생각 저 논리, 그럴싸한 개념이 담겨 있는 것 같지만 막상 글로 쓰면 한 줌도 되지 않아요. 마치 에어프라이어에 돌려 쫄딱 말라버린 사과 조각처럼 덧없게도 말이죠. 생각의 실체와 마주하는 일은 늘 괴롭습니다. 처음엔 시간이 없어서 그런가 했습니다. 하지만 시간을 담뿍 내어도 글에 살이 오르진 않더군요. 머릿속에 떠오른 생각을 한마디 문장으로 완성하기 위해선 논리가 있어야 합니다. 누군가에게 가닿기 위해선 더더욱 그렇죠. 시작과 끝, 원인과 결과, 현상과 본질, 주장과 근거, 묘사와 예시를 적절히 해줘야 합니다. 이것들을 채워 넣을 때 매가리 없이 고꾸라지는 글에 힘이 들어갑니다. 혼자 쓰는 글은 감정만으로 채울 수 있지만, 보이는 글은 이성이 끌고 가야 합니다.

호흡과 리듬이 생긴다

그녀를 만나기 100m 전, 50m, 30m…… 기다리고 있는 누군가가 어딘가에서 보고 있다고 느끼면 심박수가 올라갑니다. 글도 마찬가지예요. 내 글을 보는 누군가가 있으면 글을 써내는 속도도 빨라지고, 텀도 짧아집니다. 마음대로 쓰고 지워 들쭉날쭉했던 모양새도 가지런해지고 문체에도 호흡과 리듬이 생겨 안정감을 얻을 수 있습니다. 그뿐인가요? 칭찬이라도 한마디 받았다 하는 날엔 고래 같은 덩치에도 덩실덩실 어깨춤이 절로 나옵니다. '좋아요.' '재밌어요.' '기다렸어요.' 장단에 맞추어 다음 글을 써나갈 용기를 얻습니다.

오랫동안 '글쓰기를 하고 싶다.' 심지어 '책 한 권 써보고 싶다.'고 하면서도 글을 밖으로 내어놓기 어려워하시는 분들이 많습니다. 저 또한 그렇고요. 글을 내보이기 어려운 이유는 여러 가지입니다. 생각이 아직 영글지 않아서, 글이 빈약해서. 적절한 표현을 찾지 못해 했던 말을 또 하는 것 같아 자신감 보단 두려움과 부끄러움이 앞서지요. 하지만 모든 문제를 한 번에 해결하는 명약은 없습니다. 생각이 영글지 않았다면 공부를 더 해보고, 근거가 필요하면 자료도 찾아보고, 평소에 자주 읽으며서 어휘력과 표현력을 단련해 가면서 하나씩 해결해 나간다면 없던 맷집도 좀 생기고, 무엇보다 못난이였던 나의 글도 '짜식, 괜찮은데?' 싶은 날이 올지 모릅니다.

글도 화면빨을 받으니까요.

쓰다 보면 결이 보입니다

내가 하고 싶은 말을
네가 읽고 싶게 쓴다

글쓰기의 장벽을 낮추기 위해 글에 귀천을 따지지 않고 점 하나, 댓글 하나도 에누리 없이 글로 치자 자기 최면도 걸어 봤지만, 정신 승리 만으론 도저히 해결되지 않는 일이 하나 있었습니다. 그건 바로 '나를 위해 쓴 글이 너를 위한 글도 될 수 있을까?'라는 질문이었어요.

일단 쓰고, 많이 쓰고, 계속 쓰는 일은 혼자라도 할 수 있습니다. 하지만 읽히는 글이 될 수 있는가는 또 다른 차원의 고민이었습니다. 노출증 환자처럼 여기저기

들쑤시고 다니며 '내 글 보슈~' 할 수는 있지만, 정말 봐 줄지 아닐지는 보는 사람에게 달렸으니까요. 쉽게 답이 나오지 않았습니다. 쓸모가 있거나, 재미가 있거나, 그것도 아니면 감동이 있거나. 보고 싶은 글은 셋 중 하나가 있어야 한다는데, 제가 쓸 글은 그 어느 효용도 없어 보였습니다.

"어떤 글을 써야 할까요?"

"제가 그걸 써도 될까요?"

"쓸 수 있을까요?"

처음에는 대답을 밖에서 찾았습니다. 읽히는 글이 되려면 어떤 자격을 지녀야 한다고 생각했던 모양이에요. 하지만 필요한 것은 자격이 아니라 구체적인 기술이었습니다. 자격이 누군가로부터 부여받는 것이라면 기술은 내 손으로 배우고 익히는 것입니다. 읽히는 글의 핵심은 '내가 하고 싶은 말을, 네가 읽고 싶게 쓴다.'에 있습니다. 쪼개어 생각해 보면 '내가 하고 싶은 말'이 우선이고 '네가 읽고 싶게 쓰는' 것이 다음입니다.

하고 싶은 말을 찾는 기술

'내가 하고 싶은 말'은 테마와 주제에 관한 이야기입니다. 여기서 중요한 것은 테마와 주제 그 자체보다 쓰고 싶은 그 '무엇'을 내가 '정확히 인식하고 있는가.'입니다. 나도 내가 무슨 말을 하고 싶은지 모를 때 글은 엉뚱한 곳을 헤매다 결국 산으로 갑니다.

"분명한 글에는 독자가 모이지만 모호한 글에는 비평가만 몰려들 뿐이다"

카뮈의 말입니다. 무엇을 쓸지는 내 마음이에요. 자격도 조건도 필요하지 않습니다. 쓸 수 있는 걸 아무거나 그저 쓰기 시작하면 됩니다. 위로가 될 진 모르겠지만 어차피 세상에 필요한 모든 글은 이미 나와 있어요. 대신 내 손으로 쓴 내 글이 무엇에 관한 이야기인지, 이 글을 통해 무슨 말을 하고 싶은지, 렌즈를 당겨 초점을 맞추듯 주제를 또렷하게 하면 됩니다. 아무도 안 읽어주면 어떻습니까. 설령 독자에게 차이더라도 왜 차였는지 똑똑히 알고 있으니 마냥 헛스윙은 아닙니다.

읽고 싶게 쓰는 기술 1

다음으로 읽고 싶게 쓰기. 여기에는 두 가지 측면이 있습니다. 보여지는 것과 보이지 않는 것. 먼저 보여지는 부분은 글을 읽기 좋게 만드는 것입니다. 읽는 이에 대한 배려이자 글이 편안하게 읽힐 수 있도록 가지런히 정돈하는 일이지요. 하고 싶은 말의 핵심을 추리고, 논리적으로 배열하고, 적합한 어휘를 찾아서 디테일을 다듬는 일. 요리로 치면 좋은 재료를 골라 정성스럽게 요리하여 내놓는 일과 같습니다. 이는 학습을 통해 훈련할 수 있는 부분이기도 합니다.

읽고 싶게 쓰는 기술 2

하지만 읽기 좋은 글이 반드시 읽고 싶은 글이 되는 것은 아닙니다. 몸에 좋은 음식과 식욕이 당기는 음식은 다르니까요. 우리가 원하는 건 보고 싶고 생각나는 매력과 흥미를 유도하는 글. 물론 사람이 매력적이라면 무슨 걱정이겠어요. 거두절미하고 읽어 줄 겁니다. 그 사람의 업적, 전문성, 특출함이 녹아 있는 이야기에 세상은 자연스레 몸과 귀를 기울입니다.

하지만 암만 뒤져도 그런 매력은 없는 저 같은 사람은 어떻게 해야 할까요? 우리는 공통분모에 호소합니다. 갖춰 말하면 진정성이고 톡 까놓고 말하면 신변잡기 …… 아니, 아니, 정정하겠습니다. 좋은 단어로 정성스럽게 말하자면 테마는 일반적이되 소재는 개별적이고 구체적으로 씁니다. 여기서 테마란 앞서 말했던 '무엇을 쓸지'에 해당하는 주제, 소재는 그것을 '어떻게 풀어낼 것인가.'에 해당하는 나만의 재료입니다.

확신을 갖게 된 계시는 누군가가 말해준 한 줄의 댓글이었습니다.

"긴 글은 잘 안 읽는데 당신의 글은 끝까지 읽게 됩니다."

너무나 기쁜 나머지 저는 이 말을 꽤 오랫동안 품고 있었습니다. 그리고 생각했습니다. 왜 그렇게 느끼셨을까, 왜 그렇게 생각해 주셨을까. 그분의 의도를 다 헤아릴 순 없지만, 그날 이후 문장을 쓸 때 특히 이 말을 자주 떠올렸습니다. 이제 와 생각해 보니 그건 제 글이 다루는 소재가 생생하고 친근했기 때문이 아니었나 합니다.

제가 쓴 글의 대부분은 생활 반경 5m 이내의 이야기가 전부입니다. 그래서 유독 먹고사는 이야기가 많기도 하고요. 사실 사람 사는 이야기가 다 거기서 거기입니다.

처한 상황은 달라도 아침부터 저녁까지 일상을 둘러싸고 일어나는 일들은 그만저만 비슷하게 굴러갑니다. 그러기에 나의 하루가 어느 날 있었던 너의 하루일 수도 있고, 곧 일어날 내일의 이야기가 되기도 하고요. 명필도 명문도 명사도 아니지만, 누군가 제 문장에 귀 기울여 주는 이유가 있다면 근심과 걱정, 응원과 격려 같은 공감의 마음이 덧대어졌기 때문이 아닐까 합니다.

제가 익힌 기술은 여기까지입니다. 자꾸만 손이 가고 읽고 싶게 만드는 매력적인 글의 기술. 여러분은 어떤 필살기를 가지고 계시는가요? 한 가지 분명한 건, 누구나 자신만의 필살기를 반드시 가지고 있다는 것입니다. 내가 알고 있는 이야기, 내가 할 수 있는 이야기를 가장 나답게 하는 것. 기술이라고 했지만 어쩌면 그건 몸에 밴 향기 같은 것일 수도 있겠네요.

결론은
없어도 된다

저는 글을 잘 못 씁니다. 좋은 글을 쓰지 못하는 것도 있지만 글쓰기의 진도 또한 더딥니다. 써야겠다 마음먹은 순간부터 계속 죄인처럼 살아야 했습니다. 이걸 써야 하는데, 잊지 말고 써야 하는데, 언젠가 써야 하는데, 지금 써야 하는데…… 하고요.

쓰고 싶지만 쓸 수 없는 병에는 몇 가지 증상이 있는데, 저는 완벽한 글을 기다리다 완벽하게 글을 쓰지 못하는 증상에 시달리고 있었습니다. 제목이 정해지지 않아서, 무엇을 써야 할지 구성이 그려지지 않아서, 어떻게 결론을 내야 할지 몰라서. 막연함과 초조함이 틈만 나면 스쳐 지나갔지만 글로 쓰자니 시간도 있어야겠고, 생각은 더 해야겠고, 더 좋은 표현이 있을지도 모른다는 망설임 때문에 첫 줄을 시작하기가 고통스러웠어요.

글이 꽉 막혀버리는 만성 변비 현상도 여러 번 겪었습니다. 메모장이며 다이어리엔 쓰고 싶은 토막글이 쌓여가는데, 엮어내지를 않으니 고스란히 휴지 조각이 되어가는 것 같았습니다. 블로그를 개점 폐업 상태로 만들기 일쑤였고, 부담 없이 시작한 인스타그램도 한 토막이 채 안 되는 짧은 글을 쓰지 못해 들어가기가 머뭇거려졌습니다. 좋은 책과 글을 읽는 것도 역효과였어요. 너무나 완벽한 글 앞에서 두 손을 앞으로 모아 '저는 이만 하산하겠습니다.' 하는 공손한 마음이 들었으니까요.

시간이 좀 더 있었으면, 혼자 있을 수 있다면, 아이들이 빨리 잠들었으면, 남편이 말 걸지 않았으면. 원망의 화살을 밖으로 돌려 가장 소중한 사람들을 탓하기도 했고요. 그럴 때면 '왜 사서 고생을 하나.' 못난 마음이 삐죽 튀어나왔습니다. '쓰고 싶다, 잘 쓰고 싶다.'가 '쓰기 싫다, 못 쓰겠다.'가 되는 건 한순간이더군요. 허투루 하고 싶지 않은 마음, 잘해보겠다는 마음이 오히려 제 발목을 잡고 있었습니다.

사실, 안 쓰고 살아도 됩니다. 누가 쫓아오길 하나요 잡아먹길 하나요. 전업작가라면야 어떻게든 마감까지 써야겠지만 내 글을 기다리는 사람은 오직 한 사람, 나밖에 없으니까요. '그럼 쿨하게 기다리지 말고 안 쓰면 되는 것 아닌가?' 싶기도 했지만, 마음이 또 그렇게 먹어지지는 않았습니다.

글이 도대체 뭐지? 내 삶은 물음표로 가득한데 왜 자꾸 글에서는 답을 찾으려고 하지? 결론이 있어야 글인가? 나는 여전히 과정에 있는데? 죽을 때나 돼야 '알겠다!' 한마디 남기고 떠날 것 같은데? 그때 가서 쓰면 너무 늦을 것 같은데? 그럼 나는 평생 쓰고 싶지만 쓸 수 없는 감옥에 갇혀 살아야 하나? 안돼~ 내 청춘 돌려줘!!

부글부글 속을 끓지, 조바심은 나지. '에이라 모르겠다, 여기서 끝내보자.' 평소 같으면 마침표를 찍지 못해 안절부절, 왔다갔다 했을 글에 눈 질끈 감고 마침표를 찍고 뒤도 안 돌아봤습니다. 그런데 이게 웬일. 속이 다 시원하고 그동안 다 무슨 난리였나 싶었어요. 세상은 여전히 돌아가고 내일의 해는 뜨더군요. 진지하지 않아도 다짐하지 않아도 내 글은 어디 가지 않고 오래 사귄 충견처럼 내가 쓴 만큼 그 자리에 있어 주었습니다.

이제는 압니다. 쓰고 싶은 것을 쓸 수 있는 만큼 담는 것이 지금의 내가 쓸 수 있는 글이라는 것을요. 덜지도 보태지도 말고 마음 가는 딱 그만큼만 쓰면 됩니다. 하나의 글을 완벽히 쓰느라 아무것도 쓰지 못 할 바에야, 결론 없이 매일 무엇이라도 쓰는 것이 늘 쓰는 사람으로 살아갈 수 있는 확실한 방법입니다. 그리고 놀랍게도 쓴 만큼 새로운 이야기가 비집고 들어와 뿌리를 내리기도 합니다. 그러니 주저하지 말고 일단 씁시다. 처음부터 결론 같은 건 필요 없습니다.

앞면과 뒷면이
같은 글쓰기

　회사에 '데키스기 군'이라는 별명을 가진 직원이 있습니다. 데키스기(出来杉英才:できすぎ ひでとし)는 만화 〈도라에몽〉에 나오는 노진구의 학급 친구 중 한 명인데요, '너무 잘하는 영재'라는 뜻의 이름 대로 공부면 공부, 운동이면 운동. 뭐든지 잘 해내는 인기 캐릭터입니다. 한국에선 박영민이라는 이름으로 번역되었다고 해요.

　그런, 저희 회사 자랑인 데키스기군으로 말하자면, 영

어와 일본어는 물론이오 컴퓨터까지 잘 만지는 공대 오빠 같은 느낌이랄까요. 신뢰가 느껴지는 첫인상에 누구와도 각을 세우지 않으니 윗사람에겐 두터운 신임을, 아랫사람에겐 선망을 한 몸에 받는 그야말로 될놈될(될 놈은 뭘 해도 된다) 스타일. 아무리 꼬이고 어려운 일도 데키스기 군의 손을 거치면 술술 해결책이 나옵니다. 그래서인지 입사부터 지금까지 누가 데키스기 군과 부딪혔다는 소리를 들어본 적이 없답니다(예외가 딱 한 명 있긴 하지만 누군지는 나중에 밝히기로 하고).

데키스기군과 첫 만남은 면접 자리였습니다. 정황상 제가 구직자고 그가 면접관이었을 것 같지만 이력서를 가져온 건 그쪽이고 저는 이력서와 그의 얼굴을 번갈아 훑어보던 면접관이었습니다. 사실 메일로 이력서가 도착했던 날 그의 합격은 이미 정해져 있었습니다. 면접을 마치면 사장님까지 나와서 회식하려고 예약까지 잡아놓았으니까요. 그는 우리 회사 원하는 최적의 인재였고 입사 8년 차인 지금도 그 기대를 저버리지 않고 있지만, 면접을 봤던 그 순간만큼은 '그래, 어디 한번 보자.' 하는 얼굴로 그와 마주 앉았습니다. 그때 제 나이 스물여덟, 그는 서른둘. 벌써 9년 전 이야기네요.

지금도 그렇지만 그때 데키스기군의 눈에 비친 저는

얼마나 가관이었을까요. 생각만 해도 아찔해서 되도록 안 떠올리려 하지만 누군가 깜빡이도 켜지 않고 그날의 기억을 술자리의 안주로 올리기라도 하면 쥐구멍에라도 숨어 들어가 코를 박고 싶어집니다. 부디 그가 단기 기억 상실에 걸려 그날을 기억하지 못하길! 짬이 날 때마다 기도를 올립니다. 불행 중 다행인 것은 그런 그와 지지고 볶으면서도 어찌어찌 9년을 지내고 있다는 겁니다. 사람과 각을 세우지 않는 그와 유일하게 얼굴을 붉히며 말씨름하던 상대도 저였고, 오해와 불만의 시기도 있었지만, 이제는 시원한 맥주 한 모금에 '그땐 그랬지' 하며 날려 보낼 수 있는 쿨한 사이가 되었답니다.

그날도 어김없이 업무상 확인해야 할 일로 데키스기 군과 통화를 하고 그만 끊으려고 하는 찰나, '아! 근데 정아 씨!' 하고 급히 부르는 소리가 들렸습니다.

"네, 말씀하세요."

"글, 잘 보고 있어요."

"네?"

"정아 씨가 인스타랑 브런치에 올리는 글이요. 댓글이 많이 달렸던데!"

"네? 그걸 봤어요?"

물론 서로의 SNS를 팔로우한 사이라 숨길 이유도 필요도 없었지만 데키스기 군이 내 글을 읽었다고 생각하니 얼굴이 화끈화끈. 가슴이 두근두근. 수화기 너머였지만 고개를 못 들 정도로 얼굴이 빨개졌습니다. 면접의 추억 이후로 이렇게 창피한 기분이 든 건 오랜만이었어요. 수화기를 든 손바닥은 땀샘이 터졌는지 연신 미끄러질 정도였으니까요. 그 후에 전화를 어떻게 끊었는지······. 기억이 잘 나질 않습니다.

내 글이 읽혔다는 창피함과 읽어준 것에 대한 고마움도 물론 있었지만, 가장 컸던 건 '왜 좋아요도 안 누르고 능글맞게 몰래 보는 거야 증말.' 원망하는 마음이었습니다. 귀띔이라도 해줬으면 이렇게 놀라진 않았을 텐데. 9년 전 흑역사를 청산했다고 생각했는데, 쓸데없는 안줏거리가 또 하나 생겼다고 생각하니 일이 손에 잡히질 않더군요.

주섬주섬 정신을 챙기고 오른 퇴근길. 흔들리는 전

철 안에서 곱씹고 또 곱씹었습니다. 그가 내 글을 봤다고 했을 때 뭐가 그렇게 창피했던 걸까. 없는 이야기를 지어 한 것도 아니고, 그렇게 창피할 내용이라면 애초에 공개하지 말 것을. 일면식도 없는 사람들이 보는 건 괜찮고, 회사 사람이 보면 안 되는 글이 따로 있는 건가. 헝클어진 마음이 차창 밖 풍경과 함께 정신없이 지나가는 것 같았습니다.

이제 와 생각해 보니 그건 글과 나 사이의 경계를 그가 알고 있었기 때문이 아니었을까요. 한번 내뱉으면 주워 담을 수 없는 말과 달리 글은 몇 번이고 만지고 다듬는 과정을 거칩니다. 별것 아닌 이 글을 쓰는 지금도 말이죠. '정아 씨, 글 잘 보고 있어요.'라는 그의 말에 순간적으로 편집된 '나'와 날것의 '나'가 일치했을까. 너무 꾸미거나 다른 건 아닌가 하는 마음이 덜컥 들었나 봅니다. 혹시 그 오차범위가 크면 어쩌나 싶은 생각에 '아차' 했던 것이 아니었을지.

덕분에 저는 한 가지 결심했습니다. '앞면과 뒷면이 같은 글을 쓰자.' 솔직한 글을 쓰고 있다고 생각했지만 어쩌면 자신을 속이고 있는지도 모르는 일이니까요. 지금도 글을 쓸 땐 데키스기 군의 얼굴을 리트머스 종이 삼아 물어봅니다. '과연 그가 읽어도 되는 글인가?'

이 글은 그렇게 적은 글입니다. 고마워요, 데키스기 군.

쓰다 보면 곁이 보입니다

서로 다른 생각이 부딪히는 일, 건배

혼술도 좋다지만 저는 건배하는 술자리가 더 좋습니다. 그렇다고 와글와글 사람 많고 시끄러운 술자리는 아니고, 단둘이라도 마주 보고 앉아 짠~ 하고 잔을 부딪치며 시원한 목 넘김과 시시콜콜한 이야기를 나누는 자리가 좋습니다.

잔이 부딪치는 것만큼 반가운 것이 또 하나 있는데요, 그건 바로 서로 다른 생각들끼리 부딪치는 일입니다. 일본에선 보기 드물게 토론 문화가 발달한 회사에서 13년째 뒹굴고 있다 보니, 서로 다른 생각을 마주하고 때때로 언성이 높아지는 토론 자리를 좋아하게 되었습니다. 그래서인지 나와 다른 생각과 마주치면 괜히 더 귀가 쫑긋! 해지곤 합니다.

하지만 이것도 회사라는 울타리 안의 일이라 일상생활을 하면서 나와 다른 생각을 정면으로 마주하는 경우는 극히 드문 일입니다. 가족이 아니고서야 웬만하면 요령껏 피하거나 입을 다무는 것이 자연스럽고 익숙한 풍경이겠지요.

그러던 어느 날, 아이들을 재우려 침대에 몸을 뉘인 시각에 한 통의 메시지가 도착했습니다.

"정아 작가님은 스스로가 정한 글에 대한 기준이 높으신 게 아닐까라는 생각이 들어요. 글을 쓸 때 자기 검열을 많이 하실 것 같은 느낌이랄까요? 하지만 누구한테 보여주기 위한 글이라는 생각보다는 내 안에 담긴 이야기를 솔직하게 풀어내는 경험을 늘려가 보는 게 좋지 않을까 싶습니다."

메시지 창에서 눈을 뗄 수가 없었습니다. 그림책을 읽어 달라 칭얼대는 아이에게 '아빠한테 읽어 달라 그래.'

하고 얼른 휴대폰을 챙겨 화장실로 숨어들어 갔습니다. 같은 메시지를 몇 번이고 다시 읽으며 와지직! 제 안의 무언가가 와르르 무너지는 듯한 강렬한 느낌을 받았어요.

그도 그럴 것이 제가 평소에 고민하던 것과 정반대의 피드백이었기 때문이에요. 글쓰기에 있어 저의 고민은 '너무 내 얘기만 적는 게 아닐까?'하는 것이었어요. 어제와 오늘, 내 주변에서 일어난 신변잡기성 글이 대부분이라 솔직하긴 한데 쓸모가 없는 글 같았거든요. 나에게는 의미 있는 만남이고 깨달음이지만 과연 이게 다른 이에게 읽힐 가치가 있는 글일까. 너무 나에게만 초점이 맞춰져 있는 것은 아닐까. 그런 고민 탓에 책 쓰기 같은 외치는 글쓰기가 아닌 내 안을 채우는 글쓰기에 먼저 집중하자 못 박아둔 참이었거든요.

그런데 웬걸. 그마저도 마음에 있는 이야기를 솔직하게 담지 못하고 자기 검열을 하는 것 같은 인상을 주었다니. 앞면과 뒷면이 같은 글을 쓰겠노라 선언한 뒤라서 충격이 더 컸습니다. 내가 너무 솔직하지 못했나? 사람들의 눈을 의식했나? 나도 모르게 글 속에 그런 불안한 마음들이 들어갔던 걸까? 생각지도 못한 물음표가 머리 위로 쏟아졌습니다.

동시에 속이 뻥 뚫리는 기분도 들었습니다. 사람은 자기가 보고 싶은 것만 보고, 듣고 싶은 것만 듣는 법이라 나와는 다른 의견 다른 생각은 마주하기 불편하니까 외면하고 덮어두기 마련인데, 그래서야 발전이 없다는 건 자명한 일이니까요. 다행히 평소 나의 글에 애정을 가지고 꼼꼼히 봐주시는 문우님의 의견이라 오해 없이 받아들일 수 있었어요.

지향하기에 더 많이 경계해야 한다는 것을 깨닫는 순간이었습니다. '난 솔직한 글을 쓰고 있어.'라는 자기 최면에 빠져있는 건 아닌지. 지금 하는 고민의 시작이 잘못된 것은 아닌지. '멈춰 서서 뒤돌아볼 필요가 있다.'는 느낌이 들 때 즈음⋯⋯.

'엄마 똥 싸?'라는 소리와 함께 현실 세계로 소환! '자야지~.'하고 침실의 불을 껐습니다. 하지만 그날의 메시지는 저에게 문신처럼 깊이 남았습니다. 내 생각과 정반대에서 날아온 뜻밖의 충고 덕분에 한쪽으로 기울어져 있던 마음도 일으켜 세울 수 있었고요.

다짐뿐인 인생에 또 하나의 다짐을 추가합니다. 맥주는 거품 맛으로 먹지만 글에선 빼도록 하자. 그리고 부딪히는 일을 두려워하지 말자. 서로 다른 의견으로, 건배!

우리는 서로의
독자입니다

"정아야, 이거 간 좀 봐봐."

오랜만에 친정집에 가면 엄마는 기다렸다는 듯 밥상을 차려 주십니다. 냄비 뚜껑 위로 자글자글 끓어오르는 고등어조림. 마늘과 참기름이 고소하게 버무려진 색색의 나물. 앉은 자리에서 밥 한 공기쯤이야 뚝딱 해치울 수 있을 것 같은 냄새에 이끌려 주방을 어슬렁거리면 엄마는 꼭 이리 와서 간 좀 보라 하십니다.

엄마의 손맛이야 두말하면 잔소리인데도, '좀 짜나? 간이 덜 됐지? 뭔가 하나 빠졌는데…….' 쉽게 국자를 내려놓지 못하는 엄마. 번데기 앞 주름이라는 걸 알면서도 '그럼 소금 쪼~오끔만 더 넣어봐.' 하고 하나 마나 한 훈수를 둡니다.

'나 없을 땐 어떻게 간을 맞추나 몰라.' 샐쭉거렸지만 사실은 너무 그리웠어요. 집밥만큼이나 오랜만인 우리 모녀의 티키타카여! 맵고 짠 것을 떠나, 늘 언제나 한결같이 엄마 맛이 나는 음식들 앞에서 저는 이 한 몸 다 바쳐 엄마의 기미상궁을 자처합니다.

'글이 좀 짠가?'

글에도 그런 기미상궁이 있으면 어떨까요? 내 글이 짜게 느껴질 때, 혹은 너무 슴슴하기만 할 때, '이거 한 번 읽어 볼래?' 할 수 있는 벗이 있으면 참 좋을 텐데요. 혼자서 끙끙 앓지 말고 누군가 옆에서 같이 맛을 봐준다면 한결 마음이 편안할 것 같은데……. 하지만 완성되지 않은 글을 누군가에게 보이는 것은 쉽지 않은 일입니다. 알몸을 보이는 것 보다 더 한 용기가 필요한 일이죠.

'제 글 한번 읽어봐 주실래요.'

그런 저에게 궁녀 친구들이 생겼습니다. 원고를 함께 쓰는 선량 작가님, 진아 작가님과는 평소에도 심심치 않게 메시지를 주고받는데, 그중 대부분은 (남편 홍보는 이야기를 제외하면) 벌거벗은 초고에 관한 이야기입니다. 글의 방향이 맞는지, 어떤 부분을 추가하면 좋을지. 핵심을 벗어나진 않는지. 너무 무겁지는 않을지.

처음 작가님들의 초고를 마주한 저는 엄마의 국자를 마주한 것처럼 무슨 말을 어떻게 해야 할지 망설였어요. 이미 충분한 글에 내가 무슨 주제넘은 소리를, 하는 걱정이 있었거든요. 제 글을 보낼 땐 더더욱 긴장했습니다. 하지만 뜻밖에도 돌아온 건

"작가님 너무 좋아요! 굿 아이디어!"

라는 대답과 엄지척 이모티콘. 그렇게 몇 번을 주고받으니 여탕 사우나에 들어온 것 마냥 벌거벗고 돌아다니는 일이 익숙해졌습니다.

감정에 치우쳐 소리만 꽥꽥 지르는 글에는 진정하고 설탕 한 스푼을 넣어 보고, 에스프레소같이 거칠고 메마

른 문장에는 따뜻한 우유 거품을 올려 라떼처럼 마셔보라고 조언합니다. 물론 모든 게 언제나 달달하지는 않아요. 차가운 이성의 힘이 필요한 날엔 아이스 아메리카노처럼 찬물 끼얹는 조언도 마다하지 않았습니다. 하지만 서로의 한마디에 힌트를 얻어 딱딱한 글은 말랑하게, 푹 퍼진 글은 쫄깃하게 변하는 걸 보면서, 글쓰기에 있어 마음 맞는 친구들을 만나는 것이 얼마나 큰 복인지 알게 되었습니다.

사실 이 책을 준비하는 동안도 저는 몇 번을 포기했는지 몰라요. 허허벌판 같은 백지의 늪에서 허우적거리고 있을 때 그런 저를 포지 하지 않고 어떻게든 쓰게 했던 건 두 작가님과 손에 손을 잡는 힘, 연대의 힘이었습니다.

원고를 마무리 한 지금 진아 작가님은 시를 쓰고, 선량 작가님은 창조의 영역인 소설에 도전하고 있습니다. 그럼 나는? 이제 막 발걸음을 뗐지만, 앞으로는 쓰는 일, 그리는 일, 찍는 일에도 도전하고 싶어요. 눈 찢고 바라 보는 시선? 그런 건 없습니다. 온 세상이 매서움 투성인데 우리까지 서로에게 그래야 쓰나요. 무한 칭찬, 폭풍 격려입니다.

완전한 글, 완벽한 문장은 없습니다. 하지만 곁에 있는 누군가가 나의 글을 읽고 '맛있다.'고 한마디 해준다면 그것만으로도 글은 가치 있어지지 않을까 생각합니다. 그러니 지금 쓰고 있는 글이 있다면 부끄러워 하지 말고 가까이 있는 누군가에게 물어보세요.

"네가 맛있다고 하면 됐다."

그제야 가스불을 껐던 엄마의 말은 그런 뜻이었나 봅니다.

쓰다 보면 결이 보입니다

혼자만 보고 싶은
글도 있다

　김치에 유통기한이 있다는 사실, 아시나요? 물론 집에서 담근 김장김치야 겉절이로 먹고 익혀서도 먹고 묵혀서도 먹는다지만, 시중에 파는 김치들은 맛의 신선도를 유지하기 위해 제조일로부터 약 30일 정도의 유통기한을 갖는다고 합니다. 그렇지만 어디까지나 권장 사항일 뿐, 뭐니 뭐니 해도 김치의 매력은 모든 순간 맛있다는 것!

　그 깊고도 다채로운 맛을 알 리 없는 저의 일본인 시

어머니는 유통기한을 꼬박꼬박 챙겨 그 귀한 김치를 자꾸 버리시는 겁니다. 묵은 것 나름의 매력이 있고 쓰임이 있다고 말씀드렸지만 미덥지 않으셨는지 손도 안 대려 하셨습니다. 그래서 제가 쿰쿰한 김치를 볶아도 드리고 끓여도 드렸더니 이제는 언제 그랬냐는 듯 묵은지 마니아가 되셨지 뭐예요. 요즘은 주변 친구분들께 '김치에 유통기간이 어디 있어~.' 하시며 묵은지 활용법을 열심히 설파하고 계십니다.

김치 얘기를 꺼낸 건 제 안에 쌓인 묵은 글감 때문이에요. 혹여 유통기한이 지나서 상하지는 않았나, 못 쓰게 됐을까 싶어서요. 글을 쓰자 마음먹고부터 뭐든 쟁여두는 습관이 생겼어요. 처음엔 좋았습니다. 평소 같으면 무심코 지나쳤을 일들이 기록되고, 머릿속 어딘가에 똬리를 틀어 생각으로, 또 이야기로 엮어지는 것이 즐거웠어요. 글의 좋고 나쁨, 길고 짧음 같은 것은 생각지도 않았죠.

하지만 언제부턴가 쓰는 속도가 사는 속도를 따라잡지 못해 못 쓰고 지나가는 날들이 많아졌습니다. 이것도 저것도, 다 글로 붙잡아 두고 싶은데 써지지는 않고 해야 할 일은 있고. 짧은 일기 한 줄조차 남기지 못한 날은 신경이 곤두서기도 했습니다. 한번은 '이제 큰맘 먹고 써

봐야지.' 결의를 다졌는데도 끝끝내 생각이 정리되지 않아 애써 꺼낸 글감이 난개발된 공사판 벽돌처럼 널브러진 채 워드 파일에 철컹 갇히기도 했습니다.

쓰다 만 글들이 눈에 채일 때면 시어머니 말마따나 '유통기한 지났으니 이것도 다 내다 버려야 하나' 하는 마음이 들었습니다. 무엇이 어디에 들었는지도 모르고 봉다리 속에서 썩어가는 것보다야 냉털이라도 하는 것이 정신 건강에 낫지 않을까 하고요. 그러다 한 통의 메일을 받았습니다.

"작가님, 일본에서 엄마로 살기를 연재해 보시겠어요?"

온라인 플랫폼에서 저의 이야기를 연재해 보지 않겠냐는 한 편집자님의 연락이었습니다. 기쁨과 놀람도 잠시 당황과 걱정이 엄습해 쉽게 대답이 나오지 않았습니다. 일본에서 엄마로 사는 이야기는 저의 결혼과 출산, 육아와 시집살이에 대한 이야기를 몽땅 털어야지만 완성할 수 있는 글이었어요. 그 안에는 너무나 쓰고 싶었지만 아프고 따가워서 쓰다 만 기억들도 들어 있었습니다.

하지만 처음 있는 좋은 기회를 놓치고 싶지 않아 과거의 일기를 들춰가며 30주에 걸친 연재를 어렵사리 마쳤습니다. 연재한 이야기는 편집 과정을 거쳐 책으로도 만들 수 있었지만, 거기까진 가지 못했어요. 꺼내 놓고 보니 역시나 아직 덜 익은 이야기라는 걸 알게 되었거든요. 하지만 수확은 있었습니다. 덕분에 어떤 일들은 글이 아니라 삶으로 써야 한다는 것을 배웠으니까요.

김치처럼 글에도 다 때가 있는 게 아닐까 합니다. 아삭하고 담백한 겉절이로 먹을 것인가, 오래 묵혀 깊은 맛을 내는 묵은지로 먹을 것인가. 어느 쪽도 맞다 틀리다의 정답은 없을 것 같습니다. 내 입맛인 거죠. 때로는 영영 쓰이지 않는다 해도 괜찮을 것 같아요. 지금 당장 글을 쓰는 것보다 더 중요한 건 '어떤 이야기를 품고 살아가는가.' 아닐까요.

쓸 수 없을 땐 쓰지 마세요. 묵히세요.

잘 익을 날이 올 거예요. 언젠가, 맛있게.

조금은 괜찮은
내가 된다

'쓰고 싶습니다, 써 보겠습니다!'

읽는 인간에서 쓰는 인간으로 진화하겠노라 선언하고
도 오랫동안 풀지 못한 숙제가 있었습니다. 쓰고 싶다는
것은 알겠다. 그렇다면 왜 쓰는가, 무엇을 쓸 것인가.

저를 쓰기로 밀어 넣은 것의 8할은 분함, 억울함, 하
소연 따위의 감정이었습니다. 억누르지 못한 감정을 글
로 다 토해내고 나면 아픈 지점이 선명하게 보이고, 어
느새 마음도 글도 가라앉아 있었습니다. 그때는 무엇을

쓸까 얼마큼 쓸까를 고민하지 않았던 것 같아요. 마음은 하루에 열두 번도 더 요동쳤으니까. 늘 쓰고 싶었고, 쓰고 있었습니다.

그렇게나 감정의 기복이 큰 사람이었는데, 요즘은 스스로 애써 물어봐야 알 수 있습니다. '어땠어? 오늘 하루? 기뻤어? 슬펐어? 화가 나거나 우울하진 않았어?' 언제부터인지 하루의 기분을 딱히 한마디로 정의하기 힘든, 무난하게 마친 날들이 많아지더니 이제는 감정으로 글을 쓰는 날은 손에 꼽을 정도가 되었습니다.

글을 쓴다는 건 안 해도 되는 괜한 일을 하는 것입니다. 야트막한 나의 삶 속에서 굳이 긁어 부스럼 하지 않아도, 잊어도 되고, 없는 걸로 쳐도 되는 일에 자꾸 이름과 번호를 붙여 상기시키는 것이니 이 얼마나 피곤한 일입니까. 하지만 편해지는 대신 이런 건 포기해야 합니다.

나는 어떤 때 기쁘고 어떨 때 슬픈 사람인지. 그 순간을 빠져나오는 방법은 무엇이며 힘이 되는 말은 있는지. 사람에 대하여, 사랑에 대하여, 나의 전부이자 지금인 일상과 하루가 무엇으로 만들어졌는지 같은 것들이요.

가족과 함께 한 주말 오후, 해지는 공원의 노을빛이 살아갈 용기를 주었다는 것. 어찌하지 못 할 축축한 마음에서 벗어날 수 있었던 이유는 좋은 책을 곁에 두고

마신 한 잔의 카모마일 티 덕분이었음을 기록해두는 일은 나를 조금 더 나은 사람으로 만듭니다. 내가 사는 오늘이 공갈빵처럼 헛헛하고, 건조하지 않도록, 부지런히 무엇인가로 채우려고 하는 부산스러운 내가 좋습니다.

우리에겐 아직 쓰이지 않은 이야기가 가득합니다. 기회가 되면 일본어가 아닌 다른 언어도 깊이 배우고 싶어요. 모국어로는 미처 다 표현할 수 없었던 감각, 생각, 개념, 사고의 틈새 길을 만날 수 있게요.

제가 반응할 수 있는 단어가 더 많아졌으면 좋겠습니다. 더 많은 더듬이를 가지고 나를 스쳐 지나가는 사람과 사건, 그리고 현상들에 꼭 맞는 단어로 이름 붙여줄 수 있는 사람이 되고 싶습니다. 아직은 다 표현할 수 없어 아쉽기만 합니다.

'작가란 아직도 이름 지어지지 않은 것 혹은 감히 이름 지을 수 없는 것에 이름을 붙이는 사람'이라고 했던 사르트르의 말처럼, 언젠가 나의 어휘와 문장으로 개념과 사고의 집 한 채 지어낼 수 있는 진짜 작가(作家)가 되었으면 좋겠습니다.

쓰다 보면 결이 보입니다

선량

쓰다 보면 길이 보입니다

꾸준함의
결과

'꾸준함을 믿어요.' 이 문장을 제 삶의 모토로 삼았던 적이 있었습니다. 인스타그램과 블로그 프로필에 떡하니 써 놓았지요. 이 근거 없는 믿음이 진실임을 증명해 보이고 싶었어요. 특별한 스펙이나 뒷배경이 없어도 꾸준히 쓰기만 하면 홍보하지 않아도 사람들이 먼저 내 글을 읽어줄 것이고, 수입으로 연결되리라 기대했지요. 하지만 현실은 제가 예상했던 결과와 달랐습니다.

결혼 후 해외 생활을 시작한 저는 경단녀가 되었습

니다. 남편이 가져다주는 생활비는 가족들이 먹고, 마시고, 입는 일에 대부분 사용했어요. 나를 위해 쓰는 돈은 왜 그렇게 사치처럼 느껴지던지요. 저는 제힘으로 돈을 벌어서 오롯이 나를 위해 쓰고 싶었습니다. '다시 일을 할 수 있을까?' 한 번씩 떠올려 보곤 했습니다. 남편은 제 간호사 면허증을 최후의 보루라고 말했지요. 하지만 한국으로 돌아갈 듯 돌아가지 못했기에 면허증은 여전히 무용지물이랍니다.

저는 인정받기 위해 사는 사람이었습니다. '선량'이라는 이름은 저를 위한 이름이 아니라 다음엔 꼭 '아들' 동생을 데려오라며 할아버지께서 지어주셨어요. 이름 덕분인지 정말로 남동생이 태어났답니다. 넷째 딸로 태어나자마자 마주한 존재의 미약은 저를 소심하고 눈치를 많이 보는 아이로 만들었습니다. 자존감은 언제나 바닥이었어요. 낮은 자존감으로 세상을 살기 위해서는 '인정의 말'이 필요했지요.

"이름처럼 정말 착하구나!"

이 말을 들어야만 인정받는 것 같았어요. 저는 점점 더 착한 사람이 되었습니다.

병원에서 일을 하며 단단히 붙잡고 있던 자존감은 전업주부가 된 후 더욱 떨어져 버렸어요. '선량한 사람'이라는 인정은 '엄마라면 당연한' 의무로 바뀌었습니다. '손이 빠르고 친절한 간호사'의 모습은 사라지고, '티 나지 않은 집안일을 꾸역꾸역해내는 주부'의 모습만 남았지요. 유독 예민하고 많이 보채던 첫째 아이를 해외에서 키우는 동안 '엄마가 끼고 살아서 그런다.' '엄마가 다 받아줘서 그런다.' '아이를 어린이집에 보내지 않아서 사회성이 없다.'라는 말을 들었습니다. 일반적이지 않은 내 아이의 행동은 모두 엄마인 제 탓이었어요. 육아할 때도 집안일을 할 때도 인정의 말은 들을 수 없었습니다.

제 이름을 다시 찾고 싶었어요. 그 누구도 아닌 바로 나를 위한 이름으로요. 그래서 글을 쓰기 시작했어요. 어떻게 써야 하는지도 모른 채 무작정 썼습니다. 티도 나지 않은 주부의 일에 비해 글쓰기의 결과물은 바로바로 생겼습니다. 형용사와 부사로 잔뜩 꾸며 댄 글이었지요. 그게 마치 저를 꾸며주는 것 같았습니다.

그동안 참 많이도 썼어요. SNS에도 쓰고, 책도 쓰고, 전자책도 썼습니다. 쓰고 쓰고 또 써도 계속 쓰고 있어서 신기하죠. 덕분에 '꾸준히 쓰는 사람'으로 인정받을 수 있었어요. 이 '인정의 말'은 자존감의 벼랑 끝에 서 있던 저를 붙잡아 주었습니다. 하지만 꾸준함의 결과가 경제적 독립으로 이어지진 못했어요. 글을 써서 내 힘으로 돈을 벌어 오롯이 나를 위해 쓰겠다는 포부는 점점 사라졌습니다. '글쓰기 말고 기술을 배웠어야 했나…….' 후회했어요. 하지만 이런 후회를 하기엔 이미 늦었다는 것도 깨달았지요. 살기 위해 쓰는지, 쓰기 위해 사는지……. 더 이상 목적과 행위를 따로 생각할 수 없게 되었거든요.

새벽에 눈을 뜨면서부터 어떤 글을 쓸지 생각합니다. 아이들과 대화하다가도 부부싸움을 하다가도 글감을 떠올립니다. 책을 읽을 때도, 커피를 마실 때도, 기쁜 일이 있을 때도, 힘든 일이 있을 때도 마음속 노트에 문장을 씁니다. 이미 제 크로노스(Χρόνος: 고대 그리스인들이 사용한 일상적이고 일반적인 시간의 개념)는 삶과 씀의 경계를 구분할 수 없는 애매모호한 일상으로 가득 차버렸습니다.

꾸준히 쓴 글이 여전히 여기저기 남아있습니다. 제 마음을 붙잡아 주었던 일인칭의 글이 조금씩 타인으로 연결되었습니다. 꾸준함의 결과는 제가 기대했던 경제적 독립이 아니었어요. 그건 바로 사람이었습니다. 프로필에 써 두었던 꾸준함에 대한 믿음을 지웠습니다. 대신 다른 문장을 썼습니다.

글과 삶과 사람을 연결합니다.

나를 위해
충분히 쓰고 나면

얼마 전 출간을 앞둔 초등학교 선생님으로부터 메일을 하나 받았습니다. 곧 출간될 책에 추천서를 써 달라는 내용이었어요.

선생님과는 네이버 블로그에서 만났는데요, 나를 '이웃 추가'한 블로거가 누구인지 궁금해 방문했다가 블로그에 게시된 글을 읽기 시작했습니다. 초등학교 교실에서 만난 아이들과 상처에 관한 글이었어요. 그중에 '글쓰기에 대한 글'이 있었습니다. 책을 쓰고 싶지만, 아직은 쓸 자신이 없으며 본인 안의 상처가 해결되지 않아서 독자를 위한 책을 쓸 수 있을지 모르겠다는 내용이었지요. 그 글을 읽고 저의 처음을 떠올렸습니다. 누구도 아닌 바로 나를 위해 쓰기 시작했던 처음이었습니다.

사람들과 눈도 제대로 맞추지 못했던 어린 시절의 모습과 방글라데시의 힘겨웠던 일상을 쓰고 또 썼습니다. 나에 대한 글을 충만하게 쓰고 나니, 상처도 아픔도 점점 희미해졌어요. 상처가 아물어 새살이 솔솔 돋아난다고 느꼈을 때 저는 비로소 더 넓은 곳을 향해 눈을 돌릴 수 있었지요. 쓰면 쓸수록 나를 위한 목적은 점점 사소해졌어요. 대신 내 글을 읽는 독자를 위한 목적이 중요해졌습니다. 더 좋은 글을 쓰고 싶다는 욕심이 생겨났습니다. 그 욕심 때문에 한 문장을 쓰는 데 며칠이 걸리기도 하고, 단어를 썼다 지우기를 반복합니다. 예전에는 '질보다 양'의 글을 썼다면 지금은 '양보다 질'의 글을 쓰기 위해 노력합니다.

저는 선생님의 글에 오지랖 같은 댓글을 달았습니다.

"자신을 위한 글을 먼저 많이 써보세요. '나'를 위한 글을 충분히 쓰고 나면, 타인을 위한 글을 쓸 수 있게 되더라고요. 그때 독자를 위한 책을 쓸 수 있을 거라고 생각합니다."

　제가 운영하는 온라인 모임 중에 매일 새벽에 글감을 배달하고, 주제에 맞춰 글을 써서 인증하는 모임이 하나 있습니다. 4주 동안 20개의 다양한 글감을 배달하지만, 글의 내용은 언제나 '나'를 향해 있어요. 글을 쓰다 과거의 나를 만나고, 지금의 나와 직면하며, 미래의 나를 헤아립니다. 온라인 글쓰기 모임의 작은 채팅창에서 나와의 시간을 충만히 갖고 나면 글의 영역은 채팅창의 문턱을 넘어 블로그로, 브런치로, 책 쓰기로 팽창하는 것을 볼 수 있었어요.

　블로그에 글을 쓰시던 선생님은 그 후 브런치 작가가 되어 글을 쓰셨습니다. 지금까지 쓴 글을 모아 투고하셨고, 계약까지 하셨으며 출간을 앞두고 계셨지요. 오지랖처럼 남긴 댓글은 진실이 되었답니다.

　제가 유명한 사람도 아니고 베스트셀러 작가도 아닌데 선생님의 첫 책에 추천서를 써도 괜찮을지 고민이 많이 되었어요. 하지만 글로 연결된 귀한 인연을 위해 정성스럽게 추천서를 썼습니다. 제 생애 첫 추천서였습니다.

쓰다 보면 길이 보입니다

양보다 질의 글을
쓰기 위한 방법

1. 좋은 책 읽으며 필사하기
2. 필사한 문장 아래 단상을 적어보기
3. 새로운 어휘를 위해 유의어, 반의어 검색해보기
4. 나만의 단어장을 만들어 특별한 어휘를 만날 때
   마다 기록해두기
5. 함께 글을 쓰고 나눌 수 있는 글 친구 만들기
6. 글 친구의 피드백을 겸허히 받아들이기

쓰다 보면 길이 보인다

글의 바다에서
만난 것들

책을 엄청나게 많이 읽는 고등학교 같은 반 친구가 있었습니다. 친구는 쉬는 시간뿐만 아니라 수업 시간에도 책을 읽었어요. 만화책, 역사책, 문학책……. 가리는 책 없이 읽었지요. 그 친구의 내신 성적은 별로였어요. 하지만 정말 신기하게도 모의고사만 보면 점수가 잘 나왔습니다.

"책에서 읽었던 내용이 나왔더라고……."

친구는 이렇게 말하곤 했습니다. 분명 과학탐구영역, 그중에서도 지구과학과 관련된 문제였는데 어느 소설책에 나와 있었다는 거예요. 너무 신기하면서도 억울했어요. 저는 선생님이 하라는 공부만 열심히 하는 학생이었거든요. (한마디로 암기과목만 달달 외우고, 응용력은 제로인 학생)

그때 생각했어요.

'책을 많이 읽어야 수능을 잘 볼 수 있는 거구나. 나도 책을 많이 읽어야지!'

집에는 먼지가 수북이 쌓인 세계문학 전집이 있었습니다. 이거다 싶었지요. 저는 수능을 잘 보고 싶어서 고3 시절 내내 세계문학 전집을 읽었어요. 결과는……음…….

《노인과 바다》를 처음 읽은 것도 바로 고3 때였습니다. 솔직하게 말하자면 눈으로 책을 읽긴 했지만, 의미까지는 이해하지 못했습니다. 왜 이 책이 그렇게 유명한지, 어떻게 노벨문학상을 탄 건지 알 수 없었지요. 수능지문에 이 책의 문장이 나오길 바라던 열아홉 살의 세계는 좁은 도랑이었겠지요. 노인의 넓은 바다를 이해하지 못한 것은 당연한 일이었는지도 모릅니다.

마흔세 살이 되어 《노인과 바다》를 다시 펼쳤습니다. 여러 나라를 떠돌며 글을 쓰는 제 세상이 이제는 강물 정도는 된 것 같거든요. 세상이 좀 더 넓어진 만큼 노인의 헛되어 보이는 고집과 끈기도 이해할 수 있을 것 같았지요. 이번엔 수능이 아니라 내 글을 위해 문장을 건져 올리고 싶었습니다.

《노인과 바다》의 주인공, 노인 산티아고는 평생을 어부로 살았어요. 하지만 84일째 고기를 한 마리도 잡지 못했지요. 과거엔 큰 배를 타고 망망대해로 나가 엄청나게 많은 물고기를 잡았습니다. 사람보다 더 큰 바다거북을 잡기도 했고요. 하지만 지금은 같은 마을에 사는 소년이 가져다준 음식으로 겨우 끼니를 때우는 노인이 되었습니다. 과거의 화려한 경력에도 불구하고 현재의 혹독한 삶 때문에 '차라리 어부가 되지 말 걸 그랬나 보다.'라고 자조 섞인 혼잣말을 내뱉습니다. 열아홉의 저는 그런 노인의 마음을 알지 못했지만, 지금은 알 것 같았어요. 그것은 바로 제가 글을 쓰는 동안 느꼈던 마음이었습니다.

노인은 '어부가 되는 게 내 타고난 운명이 아닌가. 날이 밝은 대로 잊지 말고 꼭 다랑어를 먹어야지(헤밍웨이, 노인과 바다, 민음사, 2021)'라고 독백합니다. 후회스럽긴 하지만 자신의 운명을 덤덤히 받아들이는 노인이 현명하게 느껴졌어요. 다시 만선 할 날을 기대하며 바다로 나간 노인의 카이로스 (Καιρός: 기회 또는 특별한 시간을 의미하는 그리스어로, 기회의 신을 뜻하기도 함)가 애잔합니다.

저 역시 나만의 카이로스를 기다립니다. 제가 쓴 글을 더 많은 사람이 읽어줄 날을 고대하면서요. 그날을 위해 노인의 고백을 나의 언어로 읊조립니다.

"글 쓰는 사람이 되는 게 내 타고난 운명이 아닌가. 날이 밝은 대로 잊지 말고 꼭 글감을 모아야지."

노인은 남겨놓은 다랑어를 먹고 다시 힘을 냅니다. 그리고 더 큰 물고기를 잡기 위해 넓은 바다로 노를 저어 갑니다.

저는 글을 쓰기 위해 글감을 수집합니다. 새로운 장소를 찾아가고, 새로운 카페에 가서 새로운 음료를 마셔봅니다. 얼굴만 아는 바리스타에게 말을 건네봅니다. 낯선 길을 걸어보고, 생소한 가게를 기웃거립니다. 새로운 나라에서 살아내는 것조차 저에게는 글감이 되었습니다.

지금까지는 이미 경험한 것을 썼다면, 이제는 글을 쓰기 위해 경험을 합니다. 글이 삶을 이끌어 갑니다.

글감은 제 삶 속에서 건져 올리는 물고기입니다. 더 많은 물고기를 건져 올리기 위해 다양한 경험을 하러 더 넓은 세상으로 발길을 옮깁니다. 희로애락이 진하게 담긴 글감에 기뻐하며 여전히 쓰는 삶을 살 수밖에 없는 제 운명을 담담하게 받아들입니다.

헤밍웨이처럼 400번 넘게 퇴고하면 노인과 바다 같은 위대한 책을 만들 수 있을까요? 퇴고하려면 초고가 필요하니, 일단 쓰겠습니다.

쓰다 보면 길이 보입니다

일상에서 글감을
건져 올리기 위한 방법

1. 가족들의 말이나 행동을 유심히 살피기
2. 쓰고 싶은 주제가 있다면 비슷한 상황을 직접 만들어 글감을 유도하기
3. 버스, 지하철 등 대중교통 이용 시 귀를 열고 말을 수집하기
4. SNS에서 요즘 사람들이 좋아하는 글감을 관찰하기
5. 일부러 새로운 장소, 새로운 사람, 새로운 음식을 만나기
6. SNS에 일상과 짧은 문장을 남겨두었다가 긴 글 쓸 때 가져다 써먹기

쓰다 보면 길이 보입니다

조금 더
멀리 쓰기 위하여

.

자기 이름으로 책 한 권 내보는 게 소원인 사람들이 많습니다. 저 역시 그런 소망을 품고 글을 썼고, 100번 넘게 출판사에 투고를 했어요. 다행히 규모는 작지만, 저 같은 사람에게 투자해 준 좋은 출판사를 만나 첫 책을 출간할 수 있었습니다. 하지만 출간 후에 더 큰 문제가 기다리고 있었어요. 당시 저는 인도에서 살고 있었고, SNS도 열심히 하지 않았습니다. 책 한 권을 내기 위해 애썼던 모든 노력은 딱, 책의 판매지수만큼으로 환산

되었습니다. 출판사에 손해를 끼친 것 같아 미안한 마음에 밤잠을 이루지 못했어요. 가슴속에 있던 작은 돌멩이가 점점 커져 바위가 되어 저를 짓눌렀지요. 하지만 누구에게도 말하지 못했어요. 저는 이미 출간 작가가 되어 있었거든요.

베스트셀러 목록에 오른 책들을 훑어보았습니다. 유시민 작가님의 《유시민의 글쓰기 특강》, 강원국 작가님의 《강원국의 글쓰기》, 은유 작가님의 《글쓰기의 최전선》, 장강명 작가님의 《책 한번 써봅시다》, 이슬아 작가님의 《일간 이슬아 수필집》…… 이름만 들어도 알 만한 작가들의 저서였어요. 그 옆에서 저는 한없이 작아졌습니다. 서점 매대에 며칠 동안 진열된 후 사라져 버린 내 책과 출간된 지 1년이 지나고, 2년, 3년이 지나도 베스트셀러 자리를 내주지 않는 책들을 비교하고 싶지 않았지만, 자꾸 눈길이 머물렀습니다. 눈길이 머문 곳엔 부러운 마음도 늘 함께 있었어요.

아이러니하게도 실패에 대한 부담감을 떨쳐 내기 위해 다시 글을 썼어요. 글을 쓰지 않던 사람이 왜 글을 쓰게 되었는지, 어떻게 글공부를 했는지, 글을 쓴 후 삶이 어떻게 변했는지를 토해내듯 썼습니다. 쓰다 보니 단행본 책 한 권 분량이 되었어요. 그렇게 쓴 글을 또다시 출판사에 투고할 자신은 없었어요. 제 SNS 팔로워는 여전히 미미했고, 유명하지도 않았으며, 첫 책을 낸 지 겨우 5개월밖에 되지 않았으니까요. 하지만 그 원고를 컴퓨터 바탕화면의 작은 폴더 안에만 넣어두기엔 제 진심이 좀 아까웠어요. 애써서 쓴 글에 생명을 불어넣어 주고 싶었습니다.

베스트셀러 작가들의 이력을 하나하나 훑어보았습니다. 유시민 작가님은 뭐, 워낙 유명하죠. 강원국 작가님도…… 옛날부터 유명했죠. 은유 작가님은……. 아! 이분도 유명하네요. 장강명 작가님은? 이력은 짧지만, 동아일보 기자 출신에 한겨레문학상으로 등단한 후 다채로운 수상 경력을 가지고 있었습니다. 이슬아 작가님은……. 처음엔 무명이었지만 〈일간 이슬아〉 이후 폭발적으로 유명해졌지요. 아……. 베스트셀러 작가가 되기 위해서는 먼저 유명해져야 했네요.

하루에도 몇백 권씩 쏟아지는 신간 중에 베스트셀러가 되는 책은 몇 권이나 있을까요? 그 책 중에 중쇄를 찍는 책은 몇 권이나 될까요? 글을 정말로 잘 쓰면 무명이라 하더라도 베스트셀러 반열에 오를 수 있을까요?

단기간에 유명해질 자신도, 글을 엄청나게 잘 쓸 자신도 없었던 저는, 다시 출판사에 투고할 자신도 없었습니다. 하지만 세상에는 유명한 사람보다 평범한 사람들이 더 많겠죠. 그러니 저처럼 일반적인 사람이 쓴 문장이 오히려 더 큰 공감을 불러일으킬 수도 있겠다는 생각이 들었어요. 저자와 독자 사이의 괴리가 느껴지지 않는 글. 그 사이가 겨우 종이 한 장 차이인 글. 내가 가장 잘 쓸 수 있는 글은 바로 그런 글이라고 생각했어요. 그때부터 땅바닥에 붙어있던 자신감을 억지로 끌어올렸답니다. 글을 엄청나게 잘 쓸 자신은 없었지만, 엄청나게 많이 쓸 자신은 있었거든요.

"베스트셀러는 글렀고, 다작하는 작가가 되겠어!"

이렇게 결심했어요. 글을 많이 쓰다 보면 점점 잘 쓰게 될지도 모르니까요. 책을 계속 만들다 보면 그 책 중에 한 권은 대박이 날 수도 있겠죠? 그러면 과거에 썼던 어설픈 문체의 책들은 희귀본이 될 수도 있지 않을까요?

다작 작가가 되기 위해 일 년에 한 권 이상의 책을 만들겠다고 다짐했습니다. 그 다짐 덕분인지 정말로 매년 한 권 이상의 책을 만들었어요. 여전히 대박 난 책은 없습니다. 하지만 한결같이 글을 씁니다. 글을 너무 많이 쓰다 보니, 자기 복제 같은 글을 쓰게 될까 봐 염려되기도 해요. 그래서 과거의 나와 현재의 나를 분리하려고 노력해요. 처음 썼던 글과 지금의 글이 많이 달라지진 않았겠지만, 고민하며 글을 쓴 시간만큼 삶의 경험치가 높아진 것 같아요.

마흔 중반이 되어 쓰는 이 글은 조금 더 깊이, 조금 더 멀리 전해지기를 바랍니다. 오랫동안 독자들에게 회자되는 책이 되었으면 좋겠어요. 부디 이것이 헛된 욕심이 아니길 간절히 바라봅니다.

쏘다 보면 길이 보입니다

출판사에 투고하는 방법

1. 샘플 원고 또는 전체 원고 준비하기
2. 제목과 부제목, 책 소개, 저자소개, 경쟁 도서, 내 책의 차별점, 마케팅 전략과 목차가 포함된 출간기획서 준비하기
3. 출판사 조사하기 (출판사 규모, 출간 분야, 투고 이메일 주소 등)
4. 원고와 출간기획서를 첨부하여 투고 메일 보내기
5. 출판사에서 연락이 올 때까지 계속 보내기
6. 계속 보내도 연락이 없다면? 원고 수정 후 1번 부터 다시 하기

쓰다 보면 길이 보입니다

모든 경험은
소중합니다

노트북 바탕화면의 글쓰기 폴더에는 세상의 빛을 보지 못한 원고가 쌓여 있었습니다. 저는 혼자서 책을 만들어 보기로 했어요. 책 표지를 어떻게 만드는지, 내지는 어떻게 편집해야 하는지, 아무것도 모른 채 무작정, 독립 출간을 알아보았지요. 하지만 해외에서 독립 출간하는 일은 쉽지 않았습니다. 일인 출판사 등록을 위해 구청에 방문하는 일조차 할 수 없었으니까요.

우연히 POD 출판을 알게 되었습니다. 일반적으로 몇

백, 몇천 권씩 미리 책을 인쇄하여 온·오프라인 서점에 책을 입고하는 방법과 달리 POD(Publish on demand) 즉, 주문형 도서는 온라인으로 책을 주문하면 그때 인쇄를 하는 방식이었지요. 해외에서는 이미 많이 이용되고 있었지만, 우리나라에서는 아직 생소한 방식이었습니다.

당시 국내에서 POD 출판을 하는 플랫폼은 두 곳이었는데, 퍼플북과 부크크였습니다. 두 곳 모두 거의 무료로 책을 만들어 판매할 수 있는 플랫폼입니다. 차이점은 퍼플북을 통해 만든 책은 교보문고 온라인 서점에서만 판매되는 반면, 부크크를 이용해 책을 만들면 교보문고와 예스24, 알라딘 등 대형 온라인 서점에 입고된다는 점이었지요. 공통점은 POD 책은 총알 배송을 절대 할 수 없다는 사실입니다. 주문하면 그때서야 책을 인쇄하기 때문에 책이 배송되기까지 최소 5일 이상 걸립니다. 책을 미리 만들지 않기 때문에 오프라인 서점에선 살 수가 없지만, 그렇기 때문에 재고 걱정도 없답니다. 나무에게 덜 미안한 방법이지요.

고민 끝에 책을 직접 만들어 보기로 했어요. 이제 겨우 책 한 권을 출간한 작가가 출판업에 대해 아는 건 아무것도 없었어요. 글만 있으면 되는 줄 알았는데, 아니더군요. 무식하면 용감하다고 하죠? 저는 인터넷을 뒤지고, 유튜브를 뒤져서 어떻게 책의 형태를 만들어야 하는지 공부했어요. 영어를 전혀 못 하던 사람이 해외에서 직접 부딪히며 언어를 익히는 것처럼. 지도 한 장 들고 미지의 세계를 여행하는 것처럼. 매일매일, 아주 조금씩 앞으로 나아갔습니다.

원래 책의 내지와 표지를 만들기 위해선 인디자인이라는 프로그램을 사용해야 합니다. 인디자인을 다루지 못하는 저 같은 사람들은 워드 또는 한글 파일의 탬플릿과 편집 팁을 다운로드해서 만들어야 했지요. 그동안 살림만 하던 아줌마가 워드 프로그램을 이용해 내지를 편집하는 일은, 경력 단절 아줌마가 다시 회사에 나가 새로운 일을 배워야 하는 상황과 비슷했답니다. 날마다 워드 프로그램과 씨름했어요. 자간을 맞추는 일도, 페이지를 삽입하는 일도, 글이 시작할 때마다 일정하게 간격을 맞추는 일도 저에겐 막노동 같았어요. 그중에서도 제가 쓴 글을 직접 교정, 교열하는 일이 가장 힘들었습니다. 혼자 만들었기 때문에 엉망이라는 말은 듣고 싶지 않아서 원고를 보고 또 보았답니다. 그런데 봐도 봐도 오탈자가 계속 나오는 겁니다. 이제 마지막이라 생각하고 원고를 봤지만, 어색한 문장이 또 보였습니다. 조사를 고치고, 접속사를 삭제하고, 길어진 문장을 단문으로 나누면서 여러 글쓰기 책에서 알려준 '좋은 글쓰기' 팁을 적용해 보았습니다. 더딘 작업 속도 때문에 답답했지만, 고민의 영역이 의식주를 넘어 단어와 문장으로 확장되었음을 깨달았을 때 무척 자랑스러웠습니다.

휴대폰을 들고 일 년 넘게 살고 있던 뉴델리의 작은 집, 안방 문을 찰칵 찍었습니다. 온라인으로 알게 된 북커버 디자이너에게 그 사진을 전송하며 내가 원하는 표지 콘셉트를 전달했습니다. 표지 앞날개에 들어갈 저자 소개란에 딱 한 줄의 문장을 넣었습니다.

"혼자 읽고 혼자 쓰고 혼자 공부하는 골방러, 뭐라도 매일 쓰는 사람"

어느 날, 인스타그램 피드에서 책 쓰기 강의에 대한 홍보 문구를 보았습니다. 책 쓰기 강의가 워낙 많기도 하고 저 역시 관심이 있었기에 내용을 자세히 읽어보았죠. 그런데 홍보 문구를 읽고 얼굴이 빨개졌습니다.

"POD로 책을 만드는 것은 정식 출간이 아니기 때문에 출판계에서 인정받기 힘듭니다. 아무도 알아주지 않습니다. 출판사와의 계약을 통해 책을 출간해야만 진정한 작가로 인정받을 수 있습니다. 저희와 함께 책 쓰기 강의를 통해 진정한 작가가 되세요."

　마음이 덜컥, 멈춰버렸습니다. 꼭 저에게 하는 말 같았거든요. '네가 직접 만든 책은 인정받을 수 없어. 아무도 알아주지 않아. 첫 책은 잘 나가지 않았고, 두 번째 책은 네가 직접 만들었으니, 넌 작가로서 실패야.' 마음속에서부터 부정적인 감정이 파도처럼 밀려왔습니다.
　이상하게 오기도 생기더군요. 혼자서 책을 만들며 머리를 쥐어뜯었던 수많은 밤과 낮이 떠올랐습니다. 제 책을 읽고 글을 써보고 싶어졌다던 어느 독자의 후기가 떠올랐습니다. 제가 고민하며 써 내려간 문장을 발췌하여 예쁘게 포스팅해 주었던 인친님의 피드도 생각났습니다.
　출판계에선 나를 알아주지 않지만, 내 책을 읽은 소수의 독자들로부터 인정받는 작가가 되겠다고 다짐했습니다. 누군가의 인정을 받는 것도 중요하지만 글을 쓰려는 제 의지가 가장 중요하니까요.
　혼자 만든 책은 인정받기 힘들까요?
　모든 경험은 크든 작든, 그 나름의 가치가 있습니다. 웃기게도 고군분투하며 책을 만들어본 경험은 저를 좀 더 넓은 세계로 나아갈 수 있게 해주었어요. 그 덕분에 책 쓰기 강사가 될 수 있었습니다.

부크크를 이용하여
자가출간 하는 방법

1. https://www.bookk.co.kr 부크크 사이트에
    서 '원고서식 다운로드'하기
2. 한글 또는 워드 파일의 탬플릿을 이용해 책 한
    권 분량의 글을 쓰기
3. 반복적인 퇴고로 완성도 있는 원고 완성하기
4. 정확한 목차와 페이지 삽입하기
5. 원고가 준비되었다면 PDF 파일로 변환하여 내
    지 만들기
6. 부크크 사이트에서 표지를 구입하거나 표지를
    직접 만들기
7. 책 소개, 저자소개, 목차가 포함된 기본 기획서
    와 표지(JPG 파일), 내지(PDF 파일)를 부크크

사이트 '종이책 만들기'에서 업로드하고 판매신청 하기

8. 내지와 표지 PDF 파일을 부크크 이메일(info@bookk.co.kr)로 보내기

9. 내지와 표지에 이상이 없을 경우 시안 확인 메일이 오며 ISBN과 출간 일자 수정하기

10. 판매 승인이 나면 부크크 사이트에서 책 판매가 시작됨

11. 2주 후부터 외부 서점(교보문고, 예스24, 알라딘, 쿠팡 등)에서 판매 시작

12. 영혼까지 끌어모아 홍보하기

새로운 세상으로 나아가기 위해 필요한 것, 호기심과 실행력

책 한 권 내고 싶은 사람들이 넘쳐나는 만큼 출판 강의 역시 넘쳐납니다. 저 역시 우연한 기회로 출판 강의를 하게 되었는데요, POD로 책을 출간한 직후였어요. 누구는 POD 출간이 별 의미 없는 일이라고 하지만, 또 어떤 사람들은 이렇게 해서라도 자신의 책을 만들고 싶어 합니다. 그만큼 책 출간은 많은 사람의 버킷 리스트라고 할 수 있지요.

처음엔 가볍게 공동 출판을 기획했어요. 제가 활동하

고 있었던 온라인 커뮤니티에서 '함께 책 써볼까요?'라고 누군가가 말했는데, 다들 좋아했어요. 그중에 책을 써본 사람은 저 혼자였지요. 사실 혼자서 글을 쓰기만 했지, 누군가의 글을 만지거나 편집해 본 적은 없었어요. 하지만 소장용으로 만든다는 말에 큰 부담이 없기도 했고, 엄마들의 꿈을 이루는 일에 호기심이 생겼습니다.

역시나 책을 만드는 일은 소장용이든, 판매용이든 힘든 건 매한가지였습니다. 더욱이 열세 명이나 되는 사람들의 글을 받아서 피드백하고 편집하고 원고를 만드느라 몇 날 며칠 밤을 새워야 했지요. 드디어 책이 나왔을 땐 기분이 참 이상했어요. 책의 저자는 아니었지만, 내 수고를 거쳐 다른 사람의 글이 책으로 엮이는 경험을 했으니까요. 누군가의 꿈을 이루는 과정에 동참한 저는 황홀한 만족감에 빠졌답니다.

커뮤니티 대표님은 함께 책 쓰기 강의해보자고 제안을 해주셨어요. 강의도 하고 원고를 받아 피드백도 하고, 편집과 디자인까지 해서 정식 출간을 해보자는 것이었죠. 바로 제가 했던 POD 출판으로 말이에요.

고민을 정말 많이 했어요. 책 쓰기 강의가 대세이긴 하지만, 내가 그럴 능력이 있는지, 강의 같은 건 해본 적도 없고 강의안을 만들어 본 적도 없는데 과연 할 수 있을지……. 한편으론 호기심으로 시작한 일이긴 하지만 이게 좋은 기회일 것 같다고 생각했어요. 인지도도 높일 수 있고, 잘만 하면 책 쓰기 강사로 우뚝 설 수 있지 않을까? 하는 기대를 하기도 했습니다.

우리는 항상 선택의 기로에 서게 됩니다. 이걸 선택하자니 저게 아쉽고, 저걸 선택하자니, 이게 아쉽고. 저는 그럴 때마다 일단 해보는 걸 선택합니다. 해보지도 않고 아쉬워하는 것 보다는 일단 해보고 후회하는 쪽이 낫다고 생각해요. 실패해도 경험으로 오롯이 남아 하나의 글감이 될 테니까요.

선택의 순간엔 고민되고 힘들지라도 둘 중 하나를 선택한 후엔, '몰그해 정신'("몰라, 그냥 해!"의 줄임 말로 생각을 행동으로 옮기는 실행력에 탁월한 정신)을 여지없이 발휘합니다. 이번에도 마찬가지였어요. 책 쓰기 강의를 한번 해보기로 결정을 내리자마자 강사로 탈바꿈하기 위해 부지런히 공부했습니다. 내가 생각하는 글에 대한 근거를 찾으려 여러 책을 찾아보았습니다. 그걸 다시 나만의 언어로 만들어 강의를 준비했습니다. 강의가 끝날 때마다 저자들의 원고를 받아 피드백과 편집을 해야 했어요. 강의 준비하랴, 원고 보랴. 한가하던 일상이 눈코 뜰 새 없이 바빠졌지요.

저는 그때 열 명의 저자와 특별한 관계를 맺었습니다. 그들의 원고를 만지는 동안 저자의 삶 속으로 깊숙이 들어가는 경험을 할 수 있었어요. 잘 편집되어 나온 책을 읽는 것과는 다른 느낌이었어요. 처음 받았던 원고와 탈고된 원고 사이의 변화를 누구보다도 잘 알고 있었으니까요. 드디어 출간된 책을 읽으며 문장과 문장 사이에서 치열하게 고민하던 저자들의 모습을 떠올렸습니다.

"선량님, 제 오랜 꿈을 이뤄주셔서 정말 감사해요."

라는 말을 들었을 때는 '내가 헛된 일을 한 것은 아니구나!'라는 생각이 들었지요. 이 일을 통해 한 뼘 더 성장할 수 있었어요. 작가의 시야에 편집자의 시선을 더할 수 있었거든요. 가장 좋았던 것은 역시 강의료와 인건비가 통장에 들어왔을 때였는데요, 제힘으로 번 돈을 오랜만에 만지니 얼마나 좋던지요. 그날 바로 친정어머니께 용돈을 보내드렸답니다.

"엄마~ 나 돈 벌었어~."

이러면서요. 다른 제안도 들어왔습니다. 바로 어느 대

쓰다 보면 길이 보입니다

학원의 창업경영학과에서 브랜딩 출판을 함께하자는 제안이었습니다. 커뮤니티 대표님은 우리의 영역을 넓힐 수 있는 좋은 기회라며 함께 하자고 하셨지요. 이 또한 저에겐 큰 도전이었어요. 대학원생들과 교수님이 함께 하는 자리라니……

몇 날 며칠 고민을 하다가 이번에도 호기심이 발동하고 말았습니다. 이번엔 저에 대한 호기심이었어요. 에세이만 쓰던 내가 실용서에 대한 강의와 편집을 과연 할 수 있을지 너무 궁금했습니다. 저는 다시 한번 '몰그해' 정신을 외치며 강의를 준비했습니다.

매주 토요일 오전, 줌으로 강의를 했습니다. 저는 그때 뉴델리에 있었어요. 한국에 있지 않아도 온라인으로 연결될 수 있다는 것이 신기했습니다. 커뮤니티 대표님은 그 와중에 출판사 등록까지 하셨어요. POD 출간이 아니라 정식으로 '브랜딩 전문' 출판사가 되어보자고 하시며 저에겐 편집자가 되어 달라 하셨지요.

그렇게 창업과 관련된 책을 만들어 출간했습니다. 에세이적인 요소와 실용서적인 요소가 섞여 있는 책이었어요. 그전보다 강의료가 올라 수입도 더 좋아졌습니다. 이 길로 계속 간다면 책 쓰기 강사로, 편집자로 잘 나갈 수 있을 것 같았어요. 하지만 삶은 다른 방향으로 흘렀

습니다. 외적 환경과 내적 환경에서 어려움이 생기고 말
았습니다.

다시,
쓰는 사람이 되기까지

곧 끝날 줄 알았던 코로나 확진자가 다시 솟구치기 시작했습니다. 인도에서 시작된 델타 변이 바이러스의 전염력은 상상 이상이었어요. 학교 담임 선생님, 같은 반 친구들과 학부모들……. 정말 많은 사람이 코로나에 확진되었습니다. 병원마다 산소 탱크가 부족해 적절한 치료를 받지 못한 경우가 많았어요. 뉴델리 화장터엔 코로나로 사망한 사람들의 시신으로 넘쳐났고, 오후가 되면 시신을 태운 연기가 온 도시를 휘감았습니다. 그래도 먹고 살아야 했기에 50도 가까이 되는 날씨에도 마스크 두 개를 쓰고 마트에 가서 장을 봤습니다.

정말 감사하게도 저희 가족은 아무도 코로나에 걸리지 않았어요. 하지만 남편이 다른 부분에서 어려움을 겪고 있었습니다. 이석증으로 일주일 동안 일어나지 못하기도 했고, 이유 없이 가슴이 답답해지기도 했고, 불면증에 시달리기도 했습니다. 10년 동안 일했던 방글라데시와 인도, 한국과는 다른 업무 환경과 실적의 압박으로 스트레스를 많이 받았습니다. 거기에 코로나 상황까지 심해졌으니……. 제가 글을 쓰고, 작가가 되고, 온라인으로 강의하며 나만의 길을 개척하는 동안, 그는 보이지 않는 불안과 싸우고 있었습니다. 외적 환경과 내적 환경 모두 우리 가족에겐 좋지 않은 상황이었어요.

"우리 이제 그만 돌아가자. 도저히 안 되겠어."

고민 끝에 남편에게 말했습니다. 이제 떠돌이 삶을 청산하고 한국으로 돌아가자고 그를 설득했습니다. 한 번 결심하면 바로 실행에 옮기는 제 성격이 이번에도 발휘되고 말았습니다.

인생은 정말 알 수 없는 것 같아요. '이제 한국에 정착

하려나 보다.'생각했는데 또다시 새로운 나라로 가게 되었으니 말이에요. 지금까지 살았던 나라들과는 완전히 다른 곳이에요. 유럽 여행조차 안 가봤는데, 유럽에서 살게 되었습니다.

이탈리아행을 결정하기 전에도 고민을 많이 했어요. 과연 우리가 새로운 나라에 적응할 수 있을지, 아이들이 새로운 학교에서 새로운 친구들을 사귈 수 있을지, 인도에서 너무 힘들어했던 남편이 이탈리아에선 괜찮을지……. 어느 것 하나 장담할 수 없었습니다. 하지만 무모한 도전을 한 번 더 해보기로 했습니다.

국제이사는 생각보다 많이 어렵습니다. 이 동네에서 저 동네로 이사하는 일도 쉽지 않은데 하물며 한 나라에서 다른 나라로 이사하는 일이란……. 어휴, 다시는 하고 싶지 않네요. 국제 이사를 핑계로 창창할 것 같았던 출판 강의 커리어를 모두 내려놓았어요. 이 일과 저 일을 함께 하다가는 두 가지 모두 엉망이 될 것 같았습니다. 그리고 또 한 가지, 다른 사람의 글을 만지고 편집하는 동안 '내 글을 잘 쓰고 싶다.'는 원론적인 욕망에 시달렸습니다. 분명 그 길로 쭉 갔다면 돈을 많이 벌 수 있었을 거예요. 인지도 역시 지금보다 더 올라갔겠죠. 내 커리어를 위해서 꽉 붙잡고 있어야 할 동아줄이었을지도 모릅니다. 하지만 제 글을 쓰지는 못했을 것 같아요.

저는 가족이 처한 현실과 내 안에서 들끓고 있는 욕망에 충실하기로 했어요. 강의 자료와 경험을 내려놓고 조용히 '출판 강의' 시장에서 빠져나왔습니다.

후회되지 않느냐고요? 아니요. 짧고 굵었던 출판 강의 경험은 저를 더욱 단단하게 만들어 주었어요. 책 쓰기에 대한 지식도 쌓을 수 있었고요. 무엇보다 자신감을 많이 얻었습니다. 초고가 뭔지, 한 꼭지가 뭔지도 모른 채 글을 쓰기 시작했던 내가 이제는 다양한 분야의 글을 쓸 수 있겠다는 자신감이었어요.

겉으로 보기엔 모두 행복해 보여도 정작 안으로 들어가 보면 어려움 없는 집은 없다고 하죠. 저도 마찬가지예요. 매번 덜컹거리며 길을 갑니다. 하지만 그 어려움이 저를 넘어뜨리지는 못합니다. 왜냐하면 글을 쓰니까요. 그 여정에서 만난 모든 것들이 글감이거든요. 힘들다고 하소연하면서도 속으론 '쓸 거리가 생겼네⋯⋯. 흐흐흐⋯⋯.' 하며 웃고 있는 절 보면, 가끔 소~르~음이 끼치기도 합니다.

힘들었던 시간을 글로 쓰는 순간 그건 극복해야 할 사건이 아니라 내 글을 위한 글감이 되고 맙니다. 글쓰기와 치유는 서로 다른 의미의 명사이지만, '글을 쓰다.'와

'치유하다.'는 같은 곳으로 향하는 동사인 것 같습니다.

결국, 다시 쓰는 사람으로 돌아온 저는 끝까지 쓸 수 있을까요? 어디가 끝인지 알 수 없지만, 모든 삶의 현장에서 쓰는 사람으로 기억되고 싶습니다.

쓰다 보면 길이 보입니다

비밀스러운,
하지만 진실한 만남

    지금은 구독의 시대라고 해도 과언이 아닙니다. 크게는 넷플릭스부터 작게는 개인 뉴스레터까지. 휴대폰만 있으면 자신이 원하는 콘텐츠를 바로 구독할 수 있습니다. 최근에는 네이버에서도 프리미엄 구독 서비스를 시작했는데요, 유명한 작가부터 무명의 작가들까지. 프리미엄 유료 서비스를 통해 질 좋은 콘텐츠를 만들어 발행하는 사람들을 볼 수 있습니다.

    저 역시 여러 매체를 구독하고 있어요. 넷플릭스와 밀

리의 서재는 제 삶에 없어서는 안 될 콘텐츠가 되었고요. 개인이 발행하는 뉴스레터 몇 개도 구독하고 있어요. 그중의 하나가 바로, 유명한 〈일간 이슬아〉입니다. 이슬아 작가님은 개인 구독 서비스의 창시자라고 할 수 있지요. 중간 유통 과정을 없애고 직접 구독자를 모집해서 메일로 글을 발행하는, 뭔가 아날로그 같지만, 유통을 간소화한 획기적인 서비스입니다. 헤엄 출판사를 직접 차려 출판업도 하면서 어느 회사의 소속 아티스트로 활동도 하고, 강연도 하고, 신문 기고도 하는 와중에 〈일간 이슬아〉 발행까지 하는 그녀를 보며 '인간 불도저인가?'라고 생각했습니다. 처음에는 '빚을 갚기 위해.'라는 명확한 동기와 명분이 있었다고 하는데요. 이미 빚을 다 갚은 것 같은데 또다시 〈일간 이슬아〉 구독자를 모집하는 그녀의 성실함에 이끌려 어느덧 4년째 구독하고 있습니다. 그녀의 출판사에서 출간된 책도 사서 읽고, 인스타그램에서 팔로우하고 있는 유일한 유명인이니, 이쯤 되면 이슬아 작가님의 찐 팬이라고 할 수 있겠죠?

저도 야심 차게 유료 매거진을 만들어 발행한 적이 있었어요. 커뮤니티에서 나온 후 글 쓰는 사람으로 홀로서기를 해보겠다며 처음으로 시작한 일이었지요. 이슬아 작가님처럼 매일 쓰는 건 왠지 자신이 없어서 월, 수, 금

일주일에 세 번 구독자님들의 이메일로 발행했어요. 물론 금액도 반값이었지요.

유료 매거진을 딱 한 달 발행하고는 더 이상 하지 못했어요. 저는 이슬아 작가님처럼 갚아야 할 빚도, 생계 유지를 위한 명분도 없었거든요. 한마디로 글을 써서 돈을 벌겠다는 간절함이 부족했어요. 더욱이 유료인 만큼 글의 퀄리티가 높아야 한다는 강박에 시달렸습니다. 글쓰기를 즐기지 못하는 제 모습에 실망하고 말았답니다. 내 역량은 여기까지라는 걸 깨달았지요.

중단했던 매거진을 다시 시작할 수 있던 이유는 순전히 '밀라노'라는 도시 때문이었습니다.

'사람들이 해외여행을 못 가는데, 이탈리아와 밀라노에 대해 써서 발행한다면 독자들이 좋아하지 않을까? 랜선 여행을 써보는 거야! 패션의 도시 밀라노에서 한국 아줌마 패션을 써볼까? 한국 아줌마의 유럽 적응기를 써보는 건 어떨까?'

시작은 매우 거창했습니다. 하지만 유료로 할지, 무료로 할지 결정하지 못했어요. 유료 매거진을 만들었다가 부담감 때문에 제대로 즐기지 못했던 제 모습이 자꾸 떠올랐거든요.

"작가님, 절대 무료로 하지 마세요. 꼭 돈 받으세요. 전 유료라도 구독할 겁니다!"

라고 말해주는 독자분들이 계셨어요. (정말 감사합니다.) 하지만 전 그냥 무료로 발행하기로 마음먹었습니다. 수익보다도 꾸준히 글을 쓸 수 있는 장치를 만들어 독자들과 내밀한 소통을 하며 글을 쓰고 싶었거든요. 블로그나 브런치, 인스타그램 같은 SNS에서 가볍게 만난 이웃들 말고 일부러 내 콘텐츠에 들어와 구독을 누르고, 이메일을 입력한 독자들과 말이죠. 남편이 회사에서 잘리면 유료로 전환할지도 몰라요.

엄지손가락을 들고 구독 버튼을 누르는 일이 쉬운 것처럼 보이지만, 서점에서 책을 한 권 골라 계산대에 올려두는 일보다 어렵습니다. 저자에 대한 신뢰의 문제이기도 하거든요. 서점에 있는 책은 일단, 편집자, 마케터, 서점주인에게 검증된 책들입니다. 책을 계산대에 올려 두면 직원이 알아서 계산해주니 참 편리합니다. 그렇게 결제한 책은 내 소유가 됩니다. 하지만 온라인에서 글을 구독하는 일은? 모두 직접 해야 합니다. 더욱이 이메일이나 아이디를 입력해야 하는데, 발행인에 대한 신뢰가 없다면 웬만해선 내 정보를 입력하기 힘들지요. 그러니 온라인에서 구독자를 직접 모으는 일은 꽤 힘들지만, 그만큼 귀한 일이기도 합니다. 찐 독자를 만나는 일이니까요.

어느덧 발행한 매거진이 28회를 맞았습니다. 매주 목요일에 발행하고 있는데요, 10개월 동안 펑크 내지 않고 꾸준히 발행할 수 있었어요. 무료 매거진이긴 하지만, 만들 때마다 무진 애를 씁니다. 월요일엔 매거진 주제와 네 꼭지의 목차를 정하고, 화요일엔 매거진 표지와 네 꼭지에 해당하는 썸네일을 만들고, 수요일엔 주제에 맞는 글을 쓰고, 목요일에 발행합니다. 밀라노와 이탈리아 이야기만 쓰다가 더 이상 쓸 이야기가 없어서 커피 이야기, 사람 이야기, 남편 이야기, 책 이야기, 자녀교육 이야기 그리고 19금 이야기까지…… 제가 품고 있는 모든 이야기를 씁니다.

무료로 발행하지만, 한 번씩 후원해주시는 분들이 계세요. 그럴 때마다 저는 글을 더 더 더~ 잘 쓰고 싶습니다. 내 안에 있는 유쾌함, 다정함, 단호함, 성실함, 유니크함, 호탕함, 야함을 끌어내 쓰고 싶습니다. 당신과 나만 아는 비밀스러운 이야기처럼요.

이슬아 작가님처럼 되고 싶었지만, 아직 갈 길이 멉니다. 대신 특별한 온기를 품은 글로 독자들과 만나고 싶습니다.

쓰다 보면 길이 보입니다

메일링 서비스를 할 수 있는
뉴스레터 플랫폼

메일리 https://maily.so

스티비 https://stibee.com/

글리버리 https://glivery.co.kr/

쓰다 보면 길이 보입니다

함께
쓰는 이유

해외에 사는 동안 가장 해보고 싶었던 건 바로, 글쓰기 모임이었습니다. 저는 글쓰기 모임이나 독서 모임에 참여해 본 적이 없었어요. 당시만 해도 지금처럼 온라인 모임이 활성화되지 않았거든요. 더욱이 주위에 친한 사람들은 글쓰기에 관심이 없었지요. 혼자서 글을 써야 했습니다. 너무 아쉬웠어요. 내 문장에 대해 물어볼 사람도, 피드백을 해주는 사람도 없었거든요. 그나마 물어볼 사람이 남편이었는데……. 다들 아시다시피 남편이라는 위치는…… 음…… 대단히 주관적이지요.

첫 책이 출간된 것이 2019년 12월이었습니다. 딱 한 달 전에 중국에서 코로나바이러스가 발견되었고, 그다음 해 2월부터 점점 많아지더니 3월엔 여러 나라에 락다운이 선포되었습니다. 모두 혼돈의 시간을 보내야 했지요. 오프라인 모임이 사라지고 점점 온라인으로 모여들기 시작했습니다.

저는 그때 줌(Zoom)을 처음 사용해보았어요. 화면을 통해 사람들을 처음 만났을 때 얼마나 어색하고 떨렸는지 모릅니다. 줌에 어느 정도 익숙해졌을 때쯤, 글쓰기 모임을 너무 해보고 싶어서 '나마스떼 글방'을 기획했어요. 같은 지역에서 타향살이하는 사람들과 글쓰기 모임을 하면 공감대가 잘 형성될 것 같았거든요. 무엇보다 '코로나로 힘든 상황에서 글이 위로가 되지 않을까?' 하는 생각을 했습니다. 고심하며 '인도 한인회' 홈페이지에 '나마스떼 글방 회원 모집' 글을 썼습니다. 글을 다 쓴 후, 저에 대해 소개를 해야 할 것 같았어요. 그런데 '저는 얼마 전에 책을 출간한 작가입니다.'라고 말하기가 어찌나 부끄럽던지요. 이것조차도 부끄러운데 어떻게 글쓰기 모임을 할 생각을 했을까요? 고민하다 제 브런치와 인스타그램 링크를 첨부했습니다. SNS를 보면 직접 소개하지 않아도 제가 어떤 사람인지 충분히 알 수 있을 거라 생각했거든요.

호기롭게 모집 글을 올리고 5분이 지났습니다. 반응이 어떤지 궁금해서 한인회 홈페이지에 들어가 보았습니다. 어…… 그런데……, 사이트가 사라진 겁니다. 아무리 찾아봐도 '인도 한인회'가 보이지 않았어요. 도대체 무슨 일일까요?

사이트 운영자에게 상황을 설명하며 메시지를 보냈습니다. 돌아온 대답은 이것이었어요.

"글을 올릴 때 개인 SNS 링크를 올리면 안 됩니다. 홈페이지 규칙이라서요. 개인 SNS 링크를 올리셔서 강퇴당하셨어요."

저는 너무너무너무 창피했어요. 그 찰나의 순간에 모집 글을 본 사람이 과연 있었을까요? 아무런 연락도, 문의도 없었던 걸로 봐서는 그 글을 본 사람은 없었나 봅니다. 아니면 관심이 없었거나……. 그 뒤로 저는 인도 한인회 사이트에서 조용히 자취를 감췄습니다.

다시는 용기 내지 못할 것 같았어요. 이런 소심함으

로 어떻게 모임을 이끌 수 있겠어요? 내 글이나 열심히 쓰자고 생각했지요. 그런데 브런치 독자 한 분이 저에게 메일을 보냈습니다. 제가 운영하는 글쓰기 모임이 있다면 꼭 참여하고 싶다면서요. 도대체 뭘 믿고 그런 생각을 하신 걸까요? 내 글을 좋아해 주는 사람이 있다는 것은 티끌 같은 용기라도 불끈 솟게 만들어 줍니다. 잠자고 있던 '뭔가 하고 싶다.'는 욕망이 기지개를 켰습니다.

많은 사람이 모이지 않더라도 괜찮을 것 같았어요. 그저 소수의 사람과 함께 쓴다는 데 의미를 부여하고 싶었습니다. 그렇게 '선량한 글방'을 시작했어요. 처음으로 제 이름을 전면에 내세우고 시작하는 일이었기에 말도 못 하게 떨렸습니다.

"지난번처럼 문제가 생기면 어쩌나……. 신청자가 아무도 없으면 어쩌지?"

글을 쓰며 지내온 시간만큼 마음 역시 단단해졌다고 생각했지만, 사람을 모집하는 일은 혼자 하는 글쓰기와 전혀 다른 분야였어요. 제 마음과 상관없이 사람들의 관심을 끌어야 하는 일이었지요. 관심을 넘어 참가신청서를 누르게 하려면 그만큼 프로그램을 흥미롭게 만들어야 했어요. 더욱이 한 번의 실패 경험이 있었으니, 저는 더욱 조심스러웠습니다. 한마디로 그동안의 내 활동과 콘텐츠를 검증 받는 시간 같았습니다.

정말 다행히도 여섯 명의 문우를 만나 온라인 글쓰기 모임을 시작할 수 있었어요. 1년이 넘은 지금까지도 그 인연을 계속 이어가고 있습니다.

리더가 되어 글쓰기 모임을 하면 할수록 진심을 담게 됩니다. 회원들의 글이 좋아질수록 뿌듯합니다. 각자 다른 환경에 처한 사람들이 같은 주제의 글을 쓰고 나누다가 서로의 삶 속으로 깊숙이 들어가곤 합니다. 글과 삶이 연결됩니다. 글쓰기 모임이 아니었으면 만나지 못했을 사람들이, 글을 주고받다가 어느새 마음을 나누는 친구가 되는 경우도 많았습니다. 사람과 사람이 연결되었어요. 저는 마치 맞선 주선자가 된 듯했어요. 특히 비슷한 아픔을 가진 사람들이 글로 그 아픔을 드러내는 순간, 공감과 위로의 분위기가 만들어졌습니다. 이것이야말로 함께 글을 쓰는 이유가 아닐까요? 저는 글쓰기 모임이 글과 삶을 연결하고, 사람과 사람을 연결하는 통로라고 느꼈습니다.

얼마 전에 짧은 글쓰기 모임 4기를 마무리했습니다. 1기부터 4기까지 약 6개월을 쉬지 않고 달려왔는데요,

그 모임을 통해 다양한 분들과 글로 소통할 수 있었어요. 특히 4기에는 제 지인 세 명이 참여하기도 했는데요, 한 명은 제 20년 지기 친구이자 같은 대학, 같은 병원 동기 언니였고, 다른 한 명은 방글라데시에서 인연이 된 언니였으며, 또 다른 한 명은 뭄바이에서 친하게 지낸 동생이었습니다. 서로 다른 시간, 다른 장소에서 만났던 사람들이 글쓰기라는 하나의 세계에서 만나 소통하는 것이 꽤 고무적이었습니다.

모임을 마무리하고 하루가 지난 날, 20년 지기 친구에게서 전화가 왔습니다.

"량아, 갑자기 글감이 안 오니까 허전해. 뭔가 이상해. 겨우 한 달 했는데, 습관이 돼버렸나 봐. 잘 쓰지도 못한 글에 댓글 달아주고, 좋다고 해주니까 그게 진짜 큰 힘이 되더라. 언제 다시 할 거야? 나 다시 해도 되지?"

1기부터 4기까지 꾸준히 참여하시던 회원 한 분은 이런 메시지를 남기셨습니다.

"작가님, 이건 글쓰기 모임이 아니라 치유 모임 같아

요. 그전엔 경험하지 못했던 감정을 느낄 수 있었어요.
앞으로도 계속 모임 만들어 주세요. 100기까지 해주세
요."

　100기까지는 아무래도 무리겠지만, 가능한 한 오래
도록 많은 사람과 함께 쓰고 싶습니다.

쓴다. 보면 길이 보입니다

글쓰기 모임을
시작할 때 유의 사항

1. 차별화된 모임을 위해서 다른 글쓰기 모임을 자
    주 모니터링하기
    (다른 모임을 호시탐탐 엿봅니다.)

2. 완벽하게 준비한 후에 시작하려는 생각 버리기
    (완벽한 때는 절대 없다는 사실을 기억하세요.)

3. 신청자가 적더라도 실망하지 말기
    (단 한 명이라도 감사해요.)

4. 모임에 최선을 다하되, 모든 사람을 만족시키려
    는 생각 버리기
    (잘 참여하지 못하는 멤버가 있다면, 무슨 사정
    이 있겠거니…… 생각합니다.)

5. 참가자들의 피드백에 귀 기울이되 중심을 잃지 않기

6. 일회성 모임으로 끝내지 말고 꾸준히 유지할 수 있는 모임 만들기

가족 앞에선 한없이
작아집니다

이탈리아 비자 문제로 잠시 한국에 들어와 언니 집에서 지냈습니다. 이 기회에 온라인에서 만나 인연이 된 몇몇 사람들과 오프라인에서 만나기로 했습니다. 오미크론 변이 바이러스로 한창 시끄러울 때라서 사람들을 만나는 게 많이 조심스러웠어요. 하지만 지금이 아니면 언제 만날 수 있을지 알 수 없었기에 최대한 조심하며 약속을 잡았습니다.

고민하다 제가 쓴 책에 사인해서 주려고 책을 주문했

어요. 내 책에 사인해서 선물하는 일은 언제나 낯간지럽
지만, 작가란 그 간지러움을 이기고 자신의 이야기를 쓰
는 일이니까요.

미리 주문해 두었던 책 10권이 드디어 도착했습니다.
약속 날까지 아직 며칠 남아있었기에 차분히 사인한 뒤
포장을 하려고 방구석에 쌓아 두었습니다. 그러고는 거
실에서 언니, 형부와 함께 커피를 마시며 잡담하고 있었
지요.

"엄마~ 여기 엄마 책이 있는데? 이거 우리 엄마가 쓴
책이에요."

둘째 아이가 양손에 책을 하나씩 들고 거실로 나오며
오두방정을 떨었습니다. 순간 너무 부끄러워 아이의 손
을 잡아끌며 방으로 들어갔습니다.

"제발 좀 그러지 마. 엄마가 주문한 거야. 엄마 물건에
왜 손을 대니?"

"아니, 엄마 책이 여기 있어서 그랬지……."

"그냥 좀 모른 척해 주면 안 되겠어? 엄마 부끄럽게 왜 그래."

"뭐가 부끄러워?"

"어? 그냥……. 부끄러워……."

딸아이는 애매한 표정을 짓고는 밖으로 나갔습니다. 저는 제 책들을 가만히 쓰다듬었습니다. 남들에게는 내가 쓴 책이라고 사인까지 해 주면서, 정작 가족들 앞에서는 너무 부끄러워 말도 꺼내지 못하게 하는 심리는 도대체 뭘까요?

글을 쓰다 보면 어쩔 수 없이 가족의 이야기를 쓰게 됩니다. 매일 부대끼며 사는 가족의 이야기야말로 가장 공감받을 수 있는 글감이기 때문이죠. 특히 저처럼 특별한 직장 없이 전업주부로 살면서 글을 쓰는 사람은 글감의 한계가 있습니다. 좀 더 폭넓은 인간관계, 좀 더 다양한 에피소드를 쓰고 싶지만, 생활 반경만큼만 글이 써집니다. 그렇다고 글감 때문에 새로운 직장에 취업할 수도 없고……. 다양한 곳을 직접 다니며 취재하고 싶지만, 엄마와 아내라는 현실이 항상 발목을 잡네요. 10년 뒤엔

두 아이를 졸업시키고, 남편은 졸혼 시켜서 저 혼자 훨훨 다니며 글을 쓰고 싶습니다.

첫 번째 책에는 제 두 아이의 이야기를 가득 썼습니다. 육아서라는 타이틀을 달고 세상에 내놓았기에 아이들의 지못미 에피소드와 성장 과정을 필터링 없이 써야 했어요. 아이들은 그 책을 참 좋아합니다. 자신의 이야기를 책으로 읽었을 때 말로 형용할 수 없는 짜릿함을 느끼는 듯했습니다. 두 번째 책에는 제 부모님에 대한 글이 많습니다. 넷째 딸로 태어나 어른들의 눈치를 많이 보고, 인정받기 위해 순종하며 살았던 제 어린 시절을 꺼내 놓았지요. 그 책이 나왔을 때 저는 엄마에게 미리 전화했어요.

"엄마, 내가 이번에 엄마에 대한 글을 좀 썼는데……. 혹시나 엄마가 읽고 오해할까 봐."

제 말에 엄마는 이렇게 대답했습니다.

"그라제, 글 쓸라믄 가족들 얘기도 쓰고 해야제. 엄마 걱정은 말어. 우리 딸 장하네."

그제서야 한시름 놓을 수 있었습니다. 세 번째 책에는 남편에 대한 글이 많습니다. 뉴델리에서 코로나가 가장 심했던 시기에 그 책을 만들었기 때문인데요, 당시 남편은 재택근무를 하고 있었어요. 아침에 출근하고 저녁에 퇴근하는 삶이 얼마나 아름다운지 그때 깨달았답니다. 남편은 제 책을 한 권도 제대로 읽지 않았어요. 읽었는데 모른척하는 건지, 진짜 안 읽은 건지 모르겠지만. 어쨌든 책에 대한 피드백은 전혀 없습니다. 이런 말은 하더군요.

"뻥 좀 그만 쳐. 내가 언제 그랬어?"

제 친언니는 그 책을 읽고 울었다고 했어요. 실제 상황과 책 속의 문장이 겹쳐져서 더 심하게 감정이입이 되었다는군요.

책을 사이에 두고 만나는 작가와 독자의 거리는 꽤 멀다고 할 수 있습니다. 제 실제 모습을 모르는 독자들은 제가 묘사한 책 속의 저만 알 뿐이죠. 독자들 앞에선 덜 민망한 것 같아요. 하지만 제 민낯을 모두 아는 가족 앞에선 한없이 부끄럽고 미안하고 쑥스럽습니다. 인스타그램에 친정아버지가 추천인으로 떠도 절대 팔로우하지 않는 이유 역시 마찬가지인데요, 가족이 내 글을 읽는 것도, 내 글에 대해 언급하는 것도 모른척하며 살고 싶어요. 저는 여전히 가족이 등장하는 에세이를 주로 씁니다. 작가로서의 선량이는 독자의 공감을 얻고 재미있다는 반응을 얻기 위해 19금 에세이도 마다하지 않습니다.

"재미있다, 더 읽고 싶다."

라는 독자의 피드백 때문에 더욱더 내밀하고 농밀한 에피소드를 떠올리기도 합니다.

하지만 여전히 가족이라는 산은 넘지 못했어요. 내 모든 경험을 쓰고 나면 가족들은 염려할 것이고, 내 상처라고 고백한 그 부분 때문에 가족들이 오히려 상처받을 수도 있기 때문입니다. 가족들은 이런 제 글을 보지 않았으면 좋겠어요. 내가 쓴 글을 SNS에서 가족들이 보더라도 '좋아요'를 누르거나 '댓글'은 절대 달지 않기를 바랍니다. 독자들 앞에선 과장된 목소리로 '글을 씁시다.'라고 말하지만, 가족들 앞에선 한없이 작아지기만 합니다.

제 글과 삶이 일치하여 더 이상 작아지지 않을 때, 당당하게 가족들 앞에서 제 책을 꺼내 들 수 있을 것 같습니다.

SNS 세상에서 필요한 것, 진심

얼마 전 인스타그램에서 이런 글을 봤습니다.

"출간 후 출판사의 권유로 인스타그램을 시작했어요. 처음엔 시간 낭비인 SNS를 내가 왜 해야 하는지 이해하지 못했어요. 그런데 일 년이 지난 지금은 오히려 시작하길 잘한 것 같아요."

저는 고개를 끄덕였습니다. 저 역시 같은 경험을 했었

거든요.

출간만 하면 책이 저절로 팔리는 줄 알았습니다. 그런데 아니었어요. 홍보와 마케팅을 위한 출판사의 투자와 저자의 노력이 함께 필요했습니다. 첫 책을 출간했을 때 저는 인도에 살고 있었어요. 그래서 독자들을 직접 만날 수가 없었지요. 북토크나 강연도 할 수 없었습니다. 내 책을 알릴 수 있는 방법은 SNS뿐이었어요. 당시 저는 소통 없는 SNS를 하고 있었는데요, 해외에서 사는 모습과 아이들의 모습을 주로 올렸습니다. 일상의 모습만 간간히 올리다가 출간 후에는 책 홍보를 위한 글을 올리기 시작했어요. 하지만 반응은 별로 없었습니다. 그때 저는 진심이 빠진 SNS는 안 하느니만 못하다는 걸 깨달았습니다.

아무런 소통도 없다가 출간했다고 책 홍보만 한다면 독자들의 관심을 받지 못할지도 모릅니다. 바로 제 경우처럼요. 대신 평소에 활발히 소통하며 꾸준히 관계를 이어간다면, 나중에 책이 출간되었을 때 SNS 친구들이 가장 먼저 축하해 줄 거라 생각해요. 공감 가는 게시물에 정성 들여 댓글을 달고, 내 게시물에 댓글을 달아주면 꼭 답글을 달고, 글쓰기와 책 쓰기에 대한 정보를 올리고, 이런저런 모임도 하고 이벤트도 하면서 대가를 바라지 않는 소통을 하는 일. 이게 바로 진심이라고 생각합니다.

처음으로 서평 이벤트를 했던 때가 떠오릅니다. 당시 제 팔로워가 200명이 채 안 되던 때였는데요. 신청자가 한 명도 없을까 봐 얼마나 마음을 졸였던지요. 다행히도 몇 분이 신청해 주셔서 책을 보내드릴 수 있었습니다. 그 후 조금 더 적극적으로 소통하며 다양한 이벤트를 진행했어요. 한번은 신청자가 아무도 없어서 조용히 이벤트 게시물을 삭제한 적도 있었고, 직접 디자인한 에코백 증정 이벤트를 했을 때는 딱 한 분이 신청해 주시기도 했어요. 팔로워가 2,000명이 되었을 때는 '인북인' 이벤트를 했습니다. 바로 인친(인스타그램친구)의 책을 인친에게 보내주는 이벤트였는데요. 제가 소통하고 있던 작가님들의 책을 신청자들에게 보내주는 이벤트였어요. 이렇게 인친과 인친을 연결하고, 작가와 독자를 연결하면서 좀 더 단단한 관계를 만들어갈 수 있었습니다.

퍼스널 브랜딩을 위해서는 SNS를 좀 더 공격적으로 키우고, 팔로워 수를 늘려야 한다고 합니다. 이와 관련된 책도 많고, 강의도 많습니다. 돈으로 팔로워를 사는 사람들도 있고, 단기간에 팔로워를 늘릴 수 있는 노하우를 알려주겠다는 사람들도 있습니다. 그래야 영향력 있는 인플루언서가 되고, 협찬을 받을 수 있으며 수입으로 이어진다고 합니다. 하지만 저는 팔로워 수를 늘리는 것 보다도 글로 소통하고 좋은 사람들과 연결되는 것이 더 좋았습니다.

SNS도 여러 종류가 있는데요, 저는 네이버 블로그와 인스타그램, 카카오 브런치에 글을 쓰며 소통하고 있어요. 네이버 블로그에는 정보성 글과 사진을 올리고, 카카오 브런치에는 에세이 위주의 글을 씁니다. 인스타그램에는 다양한 일상 모습을 가볍게 올리거나 글쓰기와 책에 대한 짧은 글을 올립니다. SNS를 여러 개 운영하다 보면 마음이 분주해집니다. 꼭 해야 하는 일도 아닌데 나와의 약속을 지키기 위해 사진을 고르고, 주제를 정해 글을 씁니다. 가끔은 SNS 중독자가 된 듯한 기분이 들기도 해요. 저는 지금 시간 낭비, 인생 낭비를 하는 걸까요?

블로그나 브런치에서 인연이 된 사람을 인스타그램에서 다시 만나면 그렇게 반가울 수가 없습니다. 고향 친구를 만난 기분이랄까요? 반대로 인스타그램 팔로워나 블로그 이웃이 브런치 작가가 되면 바로 구독을 눌러 독자가 됩니다. 더 많은 사람이 구독할 수 있도록 홍보해 주기도 합니다. 이렇게 저렇게 중복으로 연결된 사람들과 오프라인에서 직접 만나 친구가 되고, 그들이 책을

쓰나 보면 길이 보입니다

내면 독자가 되어 서평을 남깁니다.

SNS는 한 개 이상을 함께 해야 한다고 생각해요. 그래야 중복된 SNS 인연을 만들 수 있고, 좀 더 끈끈한 관계로 발전할 수 있으니까요. 도움을 주기도 하고 받기도 하면서 서로의 진심을 나누는 관계, 새로운 SNS 속 인간관계라고 생각합니다. 함께 이 책을 쓰고 있는 작가님들과도 인스타그램에서 먼저 만났습니다. 그 후 브런치에서 다시 만나 진한 정을 나누게 되었으니, SNS가 단순한 시간 낭비나 인생 낭비가 아닌 것만은 확실합니다.

SNS 속 관계도, 실제 삶 속의 인간관계도 가장 중요한 것은 진심이라고 생각해요. 특별한 이득을 위해 인위적으로 만드는 것이 아니라 좋은 사람과의 인연을 위해 애를 쓰는 것이죠. 그게 바로 진심 아닐까요?

인연을 맺기도 쉽고, 끊기도 쉬운 SNS 세상입니다. 하지만 서로 이해득실을 따지지 않고, 앞뒤 재지 않으며, 나눈 마음 거둬드리지 않고, 받을 줄 알고 줄 줄도 아는 인연을 맺고 싶어요. 그곳이 SNS 속 세상이든, 실제 살아가는 세상이든 진심은 어디서든 통하기 마련이니까요.

제 진실한 마음이 누군가의 마음에 닿아 인연의 고리가 만들어지기를, 그 고리가 한 겹, 두 겹, 세 겹 겹쳐져서 더 단단한 인연이 되기를 기대합니다.

SNS의 장단점

카카오 브런치

브런치 작가가 되면 독자가 생겨 꾸준히 글을 쓸 수 있도록 유도한다. 브런치를 눈여겨보고 있는 출판사의 눈에 띄면 출간의 기회가 생길 수 있다. 브런치북 출판 프로젝트에 응모할 수 있다. 다음 메인 화면에 내 글이 소개될 수 있다. 반면 브런치 작가에 합격해야만 쓸 수 있어서 문턱이 높은 편이다. 아무리 글을 많이 쓰고, 오래 써도 출간의 기회가 없거나 구독자가 늘지 않으면 흥미를 잃을 수 있고 출간에 대한 희망 고문이 될 수 있다. 또한 브런치북 출판 프로젝트에 응모해도 합격할 확률이 낮다.

네이버 블로그

가장 오래된 SNS로 쉽게 글을 써서 발행할 수 있다.

관심사에 따라 여러 카테고리를 만들어 블로그를 운영할 수 있다. 꾸준히 글을 쓴다면 블로그 이웃이 늘고 네이버 메인에 소개될 수 있다. 에드포스트를 이용해 광고비를 벌 수 있다. 하지만 오래된 SNS인 만큼 이미 영향력 있는 파워 블로거들이 대부분의 검색엔진을 장악하고 있어서 내 블로그에 새로운 이웃이 유입될 확률이 낮다. 글을 쉽게 쓸 수는 있지만, 내 글에 대한 반응이 별로 없으면 꾸준히 쓰는 것이 힘들 수 있다. 쉽게 시작한 만큼 중단하기도 쉽다.

인스타그램

책을 출간하면 꼭 해야 하는 SNS로 가장 반응이 즉각적이고, 나를 쉽게 알릴 수 있다. 퍼스널 브랜딩에 가장 적합한 SNS이며 내가 노력한 만큼 팔로워가 꾸준히 늘 수 있다. 하지만 그만큼 적극적으로 소통하고, 좋은 콘텐츠를 만들어 올려야 한다. 팔로워 수에 연연하지 말고, 평소에 같은 관심사의 사람들과 댓글과 좋아요로 소통하는 것이 좋다.

시간과 공간의 차이를 넘어선 글쓰기

요즘 저는 새벽 기상을 하고 있어요. 새벽 5시에 일어나 세수를 하고 하루를 시작합니다. 그다음에 바로 핸드폰을 확인합니다. 가족 채팅방 알림부터 글쓰기 모임 채팅방 알림까지 언제나 몇십 개의 알림이 저를 기다리고 있어요. 며칠 전에는 200개의 알림이 떠 있어서 깜짝 놀랐답니다.

저에겐 시간을 계산하는 습관이 있어요. 이탈리아 시각에 8(썸머 타임엔 7)을 더해 한국 시각을 헤아리는데요, 여기가 밤이면 한국은 새벽이고, 여기가 정오면 한국은 이미 저녁이에요. 제가 이른 새벽에 일어나더라도 한국은 이미 점심때입니다. 해도 뜨지 않은 어스름한 새벽녘에 지구 저편의 환한 일상을 보고 있노라면 기분이 묘해져요. 두 개의 시간 속에 머무는 느낌이랄까요. 몸은 밀라노에 있는데 정신은 한국에 있는 기분이랍니다.

얼마 전, 저녁 시간에 '글쓰기 회원 모집' 공고문을 인스타그램에 올렸습니다. 한국 시각으론 이른 새벽이었기 때문에 마감까지 여유가 있을 거라 생각했습니다. 밤이 되어 잠이 들었다가 새벽 3시에 잠시 깼어요. 혹시나 하고 인스타그램에 들어갔다가 깜짝 놀라고 말았습니다. 모집 정원보다 신청자가 더 많았거든요

"어머, 이게 무슨 일이지? 벌써 마감됐어! 사람들이 엄청 빨리 신청했네. 웬일이지?"

중얼중얼 혼잣말을 하고 있자, 자고 있던 남편이 놀라서 깨어 저를 쳐다보았어요. 급히 공고문을 삭제하고 모집 마감 공고문을 만들어 올렸습니다. 그리곤 다시 자리에 누웠지만 잠이 오지 않았어요. 새벽에 깨서 이것저것 하느라 몸은 피곤했지만, 정신은 말똥말똥했습니다. 한

국에 살지도 않고, 직접 만나지도 못하는데 뭘 믿고 이렇게 신청해 주셨을까요? 그동안 고민하며 준비했던 일들이 헛되지 않은 것 같아 정말 기뻤습니다.

시차를 이리 재고 저리 재느라 아무것도 못 하던 때가 있었어요. 온라인으로 글쓰기 모임과 북클럽을 6개월 넘게 운영하다가 결국 한계를 느꼈습니다. 해외에 살다 보니 모임 시간을 잡는 것이 매번 힘들었어요. 한국 시각에 맞춰서 모임 시간을 잡아야 하는데, 한국의 저녁 시간이 여기선 아이들 하교 시간이었지요. 아이들이 집으로 돌아오면 본캐인 주부로 돌아가 분주하게 집안일을 해야 했습니다. 모임에 참여한 회원들에게 좀 더 발전적인 모습을 보여드리고 싶었어요. 하지만 시차 때문에 바로바로 대답하지 못하고, 매번 기다리게 하는 것이 죄송했어요. 시간의 차이를 좁히기 위해서는 제가 좀 더 부지런해져야 할 것 같았지요. 하지만 부지런히 몸을 움직일수록 스트레스가 쌓였습니다. 핸드폰을 놓지 못하고 있는 저를 보며 아이들이 한마디씩 하기도 했습니다.

"엄마는 우리한테 핸드폰 못하게 하면서 엄마는 왜 하루 종일 핸드폰 해?"

"엄마는 일하는 중이야."

"에이, 그게 무슨 일이야. 핸드폰 하는 거지."

아이들의 말에 가만히 핸드폰을 가방에 넣곤 했어요. 일을 제대로 즐기지 못하고 제자리걸음인 모습에 스스로 실망하여 결국 모든 모임을 중단하고 말았습니다. 다시 '해외에서 육아와 살림을 하는 주부'로 돌아갔어요. 글 멘토로, 리더로 활동하던 제 모습이 빠지니 일상이 한가해졌지요. 그 시간 안으로 넷플릭스와 유튜브가 파고들어 왔습니다. 아무 생각 없이 멍하니 시간을 보냈습니다.

마음이 점점 허전해졌어요. 온라인으로, 오프라인으로 활발하게 활동하고 있는 작가님들을 보며 부러운 마음과 허탈한 마음이 들었습니다. '나도 한국에 살았다면…….' 이런 생각을 하며 대상도 없는 넋두리를 했지요. 그래도 다시 시작할 엄두를 내지 못했습니다. 공간과 시간의 차이를 뛰어넘어 활동할 자신이 없었거든요.

어느 날 글쓰기 모임에 참여했었던 회원 한 분이 메시지를 보냈습니다.

"작가님, 글쓰기 모임 언제 다시 하세요? 혼자 쓰려니 잘 안 써져요. 작가님 모임 기다리고 있어요."

메시지가 마치 하늘의 계시처럼 느껴졌어요. 내가 스스로 만들어 놓은 한계의 동굴에서 나오라는 손짓 같았습니다. 그 한 분 덕분에 글쓰기 모임을 다시 만들었어요. 저처럼 해외에 사는 사람들도 참여할 수 있도록 시간과 공간의 제약이 없는 모임을 만들고 싶었습니다. 줌미팅을 없애고, 카카오톡과 SNS로만 소통하기로 했어요. 신기하게도 일 년 전에 참여했던 분들이 다시 참여하셨습니다. 뿐만 아니라 미국, 인도, 뉴질랜드, 호주, 노르웨이 등 해외에 사시는 분들도 새롭게 합류하셨어요. 다들 시간과 공간의 한계 때문에 글쓰기 모임에 참여하지 못했던 분들이었지요. 저처럼 내향적 성향인 사람들이 이런 모임을 더 좋아하는 것 같았습니다. 직접 만나지 않고 오직 글로만 소통하는 모임 말이죠. 사는 곳이 다르고 시차도 있어서 글을 쓰는 시간 역시 달랐지만, 매일 쓰고 마음을 나누는 데는 전혀 부족함이 없었습니다. 직접 만나지 못해도, 사는 시간대가 달라도 마음과 마음은 통하기 마련이라는 걸 알 수 있었습니다.

"1년 동안 글 모임을 찾고 있었는데 마땅한 곳을 찾지 못했었어요. 2기 끝났다는 글을 봤을 때부터 함께 하고 싶었습니다."

모집 마감 공고문을 올린 뒤 날아온 메시지를 받고 한참 동안 멍하니 앉아있었어요. 기쁨과 함께 묵직한 책임감도 느꼈습니다. 신청해 준 모든 사람이 글쓰기의 즐거움을 느낄 수 있도록 내가 가진 모든 지식과 경험을 나누겠다고 다짐했습니다.

시간과 공간의 차이를 넘어선 글쓰기, 바로 글과 사람이 연결되길 바랐던 소망이 이루어진 순간이었습니다.

전공자가 아니라는 늪에서
벗어나기

　인기 있는 책의 작가님들을 찬찬히 들여다보면 국문학과, 문예창작학과를 전공했거나 방송작가 경력이 있거나 오랫동안 문학이나 국어를 가르친 분들이 많습니다. 아무나 글을 쓸 수 있고 책을 출간하여 작가가 되는 시대가 되었지만, 전공자나 경력자의 문장은 뭔가 다른 것 같아요. 배운 티가 난다고나 할까요.

　어쩌면 당연한 일이지요. 10년 넘게 경력이 단절되었지만, 간호학을 전공했고 병원에서 일한 경험이 있기 때

문에 가족들이 위급한 순간에 적절하게 대처할 수 있는
것과 비슷하겠죠.

글을 꾸준히 쓰고, 책을 직접 만들지만 제 안에서 사
라지지 않는 소리가 하나 있습니다.

'나는 전공자가 아니라서 아직 많이 부족해.'

이 소리의 볼륨이 커지면 저는 한없이 나락으로 떨어
집니다.

'내가 지금 뭘 하고 있나, 무엇을 위해 글을 쓰고 있
나, 이렇게 쓴다고 누가 알아주나, 왜 글을 쓰고 있
나…….'

회의적인 질문을 스스로 던지기 시작하면, 글쓰기는
더더욱 어려워집니다.

'내가 그렇지 뭐. 글을 배워본 적이 없으니 글을 이어
서 쓸 힘도 부족하지. 나는 아직 멀었네, 멀었어.'

결국 자기 비하로 번지고 맙니다. 이런 자기 비하의

늪에 한 번 빠지기 시작하면 다시 나오기가 영 힘들어요. 그런데 이것이 자존감의 문제라는 걸 깨달았습니다. 그 분야를 전공했거나 오랜 경력을 가지고 있더라도 자존감이 낮은 사람은 저처럼 자기 비하의 늪에 자주 빠지더군요. 자세히 들여다보니 그 자존감은 어린 시절과 연관되어 있고, 성취의 경험과도 관련 있다는 걸 알 수 있었어요.

저는 책 만들기 일대일 코칭을 하고 있습니다. 얼마 전에 두 번째로 코칭 했던 작가님의 책이 출간되었어요. 기획과 목차부터 표지와 내지까지 코칭한 후에 전자책과 종이책으로 만들어 출간했지요. 책을 준비하는 모든 과정이 쉽지 않았지만, 그중에서도 작가님이 가장 힘들어했던 시기는 초고를 쓸 때와 출간하기 직전이었어요.

초고를 쓰는 일은 꽤 힘겹습니다. 책이 될 수 있는 분량의 글을 기획과 목차에 맞춰 써내야 하기 때문입니다. 하지만 초고가 있어야 퇴고를 할 수 있고, 퇴고해야 책을 만들 수 있기 때문에 가장 중요한 일이지요.

초고를 쓰는 동안 작가님도 많이 힘들어하셨어요. 바쁜 일상도 한몫했지만, '내가 무슨 책이야, 아직은 아닌가 봐…….'라고 생각하셨다고 해요. 힘들었던 퇴고를 끝냈지만, 전자책과 종이책으로 등록하기 직전에도 작가님은 괴로워하셨습니다. 내용이 너무 엉망인 것 같다고, 너무 부실한 것 같다고, 욕먹을 것 같다고 두려워하셨지요. 공채 아나운서 경력도 있으시고, 14년간 스피치 강사로 일하신 분인데 왜 이렇게 자신감이 없으실까……. 이해할 수 없었어요. 평소엔 정말 당당하고 자신감 넘치는 모습이셨거든요.

"코치님도 자존감이 많이 낮으신가 봐요. 저랑 비슷하신 것 같아요."

"네. 맞아요. 사실은 저 자존감 엄청 낮아요. 어렸을 때부터 지지를 많이 받지 못하고 컸거든요."

그런 작가님의 모습에 저를 투영했습니다.

'내가 무슨 작가야……. 누가 알아주지도 않는데…….'

라고 자신을 깎아내릴 때마다 저에게 밧줄을 던져주던 사람들이 있었어요.

"작가님, 글 잘 보고 있어요. 저는 작가님의 글을 보며 힘을 얻어요."

  라며 잠시 멈춰 흔적을 남겨주시는 분들.

  "작가님, 책 재밌게 읽었어요. 많이 공감했어요."

  라며 의기소침해진 마음에 용기를 주시는 분들.
  이 말들은 자기 비하의 늪에 빠져 있던 저에게 드리워
진 밧줄이었어요. 응원과 공감의 문장이 얽히고설켜 튼
튼한 자존감의 밧줄을 만들어주었지요. 저는 매번 그 밧
줄을 붙들고 자기 비하의 늪에서 빠져나올 수 있었습니
다.

  "코치님 글 좋아요. 많은 사람에게 도움이 될 거라 생
각해요. 자신감 가지세요. 글이 별로였다면 종이책으로
만들자는 말도 안 했을 거예요!"

  제가 독자들에게 받았던 목소리 그대로 코치님께 되
돌려드렸어요. 제가 전한 진심의 소리가 튼튼한 밧줄이
되기를 바라면서요.

발표 불안을 가진 사람은 스피치를 진지하게 대하며 성의 있게 준비하고, 연습도 많이 해보기 때문에 더 좋은 스피치를 할 수 있다고 수강생들에게 이야기합니다. 발표 불안은 '극복해야 할 문제'가 아니라 '발표를 더 잘하게 해주는 요소'입니다.

김문영, 따뜻한 스피커의 보이스스피치 코칭 (부크크: 2022), 35.

코치님의 책에는 발표 불안에 대한 글이 있습니다. 발표 불안이 있는 사람은 발표를 잘하기 위해 더 연습하고 노력하며, 더 준비한다는 글이었어요. 발표 불안은 극복해야 할 문제가 아니라 발표를 잘하게 해주는 요소라는 문장을 읽고 저는 큰 위안을 받았습니다. 자신의 부족한 점을 아는 사람은 오히려 더 노력할 것이고, 노력이 자신을 더 발전시켜 줄 거라는 믿음이 생겼습니다.

전공자가 아닌 저는 글을 쓸 때마다 초록색 검색창을 띄어 둡니다. 기억이 잘 나지 않는 어휘를 검색해 보거나 유의어, 반의어를 검색해 봅니다. 조금 더 특별한 단어가 있지는 않은지 검색하기도 합니다. 원하는 어휘가 떠오르지 않으면 단어를 조합해 새로운 어휘를 만들어내기도 합니다. 그렇다 보니 한 편의 글을 완성하기까지 점점 더 많은 시간이 걸립니다. 이 애씀이 결코 헛되지 않기를 바랄 뿐입니다.

　이러다 '난 전공자가 아니니까……'라는 자기 비하의 늪에 다시 빠질지도 모르겠어요. 하지만 늪에 빠져 있는 시간은 그리 길지 않을 거예요. 독자의 응원과 내 부족함을 채워줄 노력이 있으니까요. 그럼에도 불구하고 제가 계속 쓸 수 있는 가장 큰 이유입니다.

쓰다 보면 길이 보입니다

함께 쓰는
사람들

얼마 전 남편이 제게 물었습니다.

"만약에 10년 전으로 돌아가서 내가 다시 방글라데시로 가자고 하면 어떻게 할 거야? 그땐 정말 뭣도 모르고 갔었잖아. 지금은 어때?"

그건 마치 '다음 생에서도 나랑 결혼할 거야?'라는 질문 같았어요. 어떻게 대답해야 할까요······.

올해로 해외 생활을 한 지 딱 10년이 되었습니다. 큰 아이를 낳고 100일이 되었을 때 방글라데시로 떠났어요. 해외에서 일을 하고 싶다던 남편의 바람 때문이었지요. 저는 단 한 번도 해외 생활을 꿈꿔본 적이 없었어요. 영어도 전혀 못했고, 가족들을 떠나 산다는 건 상상조차 할 수 없었거든요. 단지 서른이 되기 전에 자유롭게 살아보고 싶어서 해외 봉사활동을 신청했고, 네팔에서 2년 동안 봉사활동을 했습니다. 하필 그때 남편을 만나고 말았네요. 해외에서 남편을 만났으니, 이런 떠돌이 삶을 살게 된 건 운명이었을까요?

싱글일 때 해외 생활과 엄마일 때 해외 생활은 천지 차이었어요. 전혀 자유롭지 못했습니다. 특히 한인 사회가 매우 좁아서 조금이라도 튀는 행동을 하면 입방아에 오르내렸지요. 저는 그게 너무 무서웠어요. 조심하고 또 조심하며 살다가 점점 집안에서 웅크리며 살게 되었습니다. 인간관계 역시 마찬가지였어요. 아이를 중심에 두고 그리는 원 안의 세상. 그 안에는 내 아이와 비슷한 또래의 엄마들이 대부분이었어요. 원 밖으로 나갈라치면 저의 내면에서부터 삐잉! 경고 소리가 울렸지요.

'여긴 안전하지 않아. 그러다 욕을 먹고 말 거야. 어서 네가 있어야 할 곳으로 돌아가! 원 안으로 돌아가!'

쓰다 보면 길이 보입니다

265

해외에서 이런저런 일을 하며 제가 그려 놓은 원을 아슬아슬하게 넘나들었습니다. 그러다 '인정받고 싶은 욕구'의 벽과 부딪치곤 했어요. 그럴 때마다 더욱더 우울해졌습니다.

얼마 전 인스타그램에서 아는 작가님의 피드에 댓글을 하나 달았어요. 영국에 사시던 작가님이 부활절 휴가를 맞아 로마로 여행을 오셨더라고요. 같은 이탈리아 하늘 아래 있다는 게 너무 반가워 댓글을 남겼지요. 그런데 함께 글쓰기를 하는 회원 한 분이 이렇게 댓글을 다셨습니다.

"두 분이 아는 사이였다니……."

과거와 지금의 제 모습을 비교해보면 놀라울 정도로 다릅니다. 사람들 눈치 보느라 아무것도 못 하던 모습은 온데간데없이 사라졌어요. 지금은 제 원의 중심엔 아이들이 아니라 제가 있습니다. 그 원 안에는 옛날부터 아는 사람, 해외 생활을 하며 알게 된 사람, 그리고 글을 쓰며 만난 사람들로 북적거립니다. 그중에서도 글을 쓰며 알게 된 사람들이 가장 많은데요, 한국뿐만 아니라 세계 여러 나라에 사는 문우들과 연결되어 소통하고 있습니다. 이 모든 것이 글을 쓰며 시작된 변화입니다.

고백하자면 온라인으로 글쓰기 모임을 하고 슬로우 리딩 모임을 하는 이유는 모두 저 때문입니다. 처음엔 글을 쓰기 힘든 사람들에게 도움을 주기 위해 시작했습니다. 하지만 모임을 하면 할수록 제가 얻는 게 더 많다는 것을 깨달았어요. 처음으로 규칙적인 글을 써본 사람들이 '글쓰기의 재미를 알게 되었다.'고 말합니다. 혼자서는 글을 쓰기 힘들었는데 함께 글을 쓴 덕분에 매일 쓸 수 있었다며 고마워합니다. 회원들이 전해주는 긍정의 언어들이 핑퐁 게임처럼 저에게 다시 돌아와 '인정받고 싶은 욕구'를 가득 채워주었습니다. 그뿐 아니라 상위 욕구인 '자아실현의 욕구'에 도달할 수 있게 해 주었습니다.

우리가 고등학교 때 배운 매슬로의 욕구 단계 이론에 의하면 사람에게는 다섯 가지 단계의 욕구가 존재한다고 합니다. 바로 생리적 욕구, 안전의 욕구, 애정과 소속의 욕구, 존중의 욕구 그리고 자아실현의 욕구입니다. 피라미드 이론이라고도 하지요. 하위 단계의 욕구가 충족되면 상위 단계에 대한 욕구가 발현됩니다. 특히 자아실현의 욕구는 가장 최상위의 욕구로 자신의 창조성을 끌어 올리고, 성장할 수 있는 욕구라고 합니다. 저는 그

쓰다 보면 길이 보입니다

위에 하나를 더 쓰고 싶습니다. 바로 '공헌감의 욕구'입니다.

《마흔에게》의 저자 기시미 이치로는 '공헌한다는 실감은 인생의 행복과 깊이 관련되어 있습니다. 그것은 인생의 양식이자 행복의 초석입니다(기시미 이치초, 마흔에게, 다산초당, 2018).'라고 말했습니다.

저는 글을 쓰면서 만난 사람들을 통해 자아실현의 욕구를 넘어 공헌감의 욕구를 가득 채울 수 있었는데요, 사람들에게서 잔뜩 받은 긍정의 에너지를 또 다른 사람들에게 되돌려 주며 깊은 만족감을 느꼈습니다. 어느새 사람들 입에 오르내릴까 봐 걱정했던 소심한 제 모습은 사라지고 없습니다. 이제는 다른 사람들이 나에 대해 뭐라고 하든 상관하지 않게 되었어요. 글을 쓰면서 타인과 연결된 만큼 나 자신과 더욱 긴밀하게 연결되었고, 나를 더욱 사랑하게 되었으니까요. 글쓰기는 저를 온전히 다른 세계로 이끌어 주었습니다.

대답을 기다리는 남편을 향해 말했습니다.

"뭐……. 힘들긴 했지만, 그때로 돌아간 데도 다시 해외 생활을 선택할 것 같은데? 내가 해외에 살았기 때문에 외로움에 몸부림칠 수 있었고, 더 간절하게 글을 쓸 수 있었으니까. 덕분에 내가 성장할 수 있었으니까."

"그럼 이제 내 원망 안 하겠네? 예전엔 나 때문에 이렇게 힘들게 산다고 원망했었잖아."

"그때 힘들었던 건 사실이지만, 지나고 보니 모든 게 감사한 글감이 되었네. 만약 내가 글을 쓰지 않았다면, 어떻게 되었을까?"

이제 글 쓰지 않는 제 모습은 상상할 수도 없네요.

다시 태어나도 당신과 결혼하겠다는 말은 못 할 것 같아요. 하지만 다시 태어나도 글 쓰는 사람으로 살고 싶습니다. 그리고 당신들과 다시 만나 함께 쓰고 싶습니다.

진아 * 정아 * 선량

마음을 연결하는 글쓰기

줌(Zoom)에서 만날까요

진아

여름날이었습니다. 꽤 늦은 밤이었고, 보름달이 떴었는지 꽤 밝은 밤이었어요. 한 달에 한 번 있던 독서 모임이 막 끝나고 앉은 자리를 정리하던 때였지요.

"진아 작가님, 바쁘세요? 괜찮으시면 지금 잠시 줌에서 뵐 수 있을까요?"

정아 작가님의 카톡이었습니다. 우리는 온라인 독서

모임을 함께 하던 사이였고, 독서 모임의 단체톡에서 나눈 책 관련 대화 외에는 안부 인사조차 따로 전해본 적 없던 사이었어요. 그런데 갑자기, 밤 열한 시가 가까운 시간에 줌에서 만나자는 연락이 온 겁니다. 그것도 무려 개인톡으로요!

생각해보면 그전부터도 정아 작가님께 특별한 마음이 있었어요. 독서 모임을 함께 하던 멤버들이 꽤 많았는데, 이상하게도 정아 작가님께 마음이 기울었어요. 아마 비슷한 또래의 아이 둘을 키우고 있다는 데에서 느낀 동질감 때문이었겠지요. 사는 곳도, 나이도, 전공도, 직업도 모두 달랐지만, 단체톡에서 그녀의 이름이 뜰 때면 하던 일을 접어두고도 답을 하고 싶었습니다.

마음이 움직이는 일에는 대책 없이 뛰어들고 보는 성격 탓에, 밤 열한 시의 갑작스러운 제안은 별 문제가 되지 않았습니다. 오히려 독서 모임이 끝나는 동시에 작가님의 연락이 온 것이 마치 운명처럼 느껴졌어요. 작가님이 보내준 링크를 타고 들어간 줌 화면 속에서 선량 작가님을 처음 만났습니다.

어색하고도 두근거리는 첫인사를 나눴습니다. 인스타매거진 여름호를 발행하고 소감을 나누는 자리라고 했어요. 더불어 가을호 기획을 논의하는 자리라고도 하더군요. '나는 여기 왜 초대된 걸까? 인스타 매거진 여름호에 원고를 보냈다고 초대해주신 건가?' 싶었지요. 제 생각을 읽으셨는지 선량 작가님이 말을 이으셨습니다.

"전에 디엠(Direct Message)으로 《인스타 친구들》 매거진 발행에 도울 일이 있으면 도와주신다고 하셔서요."

그제야 생각이 났어요. 여름호에 원고를 보내며, 돈도 되지 않는 일에 이렇게 열정을 쏟으시는 분들이 궁금했습니다. 그분들의 열정에 다른 도움은 못 드려도 계속해서 원고는 보내드리겠다는 뜻으로 건넨 말이었지요. 매거진을 함께 만들고 싶다는 생각은 단 한 번도 못 했어요. '오해'에서 비롯된 '초대'라는 것을 알았을 때 낭패감을 느꼈어야 했으나, 어쩐지 마음을 두드리는 감정은 설렘이었습니다. 새로울 것 없는 일상에, 새로운 일이 생길지도 모른다는 느낌. 나의 글을 쓰는 일을 넘어서, 누군가의 글을 엮고 잇는 일을 할 수 있을지도 모른다는 예감. 완벽한 '설렘'이었어요.

"해보죠. 뭐! 일단 지르고 보겠습니다."
첫 책을 쓰던 중이었어요. 이미 하고 있던 독서 모임

만 세 개였고요. 두 아이는 여전히 시시각각 제 손이 필요할 만큼 어렸습니다. 잠은 늘 부족했고, 끼니를 거르는 일도 일상이었어요. 그런데도 호기롭게 '하겠다.'고 답했습니다. 믿는 구석은 저 자신이 아니었어요. 함께 할 분들을 믿었습니다. 자기가 좋아하는 일을 위해 시간을 쪼개고 삶을 계획하며 열정을 쏟는 분들 곁에 머물고 싶었어요. 함께 한지 8개월 만에, 우리는 첫 책을 계약했습니다.

종종 작가님들과 줌에서 만나 술잔을 기울입니다. 글쓰기 이야기를 하자고 모여놓고는 한 모금 두 모금 들어가는 술에, 한 잔 두 잔 비워지는 술잔에, 끝내 살아가는 이야기를 하고야 말아요. 오랜 친구에게도, 친정엄마에게도, 남편에게도 못하는 이야기들을 털어놓고 묵은 마음을 비워냅니다. 각자의 삶에 자리를 내어주고, 서로의 삶에 성큼 발을 들입니다.

우리는 글쓰기로 인연을 맺고, 인연을 이어가며, 인연을 지켜가고 있습니다. 함께 하는 일이 많아질수록 서로에게 부담되지 않도록 더 조심하면서. 만나지 못하고, 닿지 못하기 때문에 각자의 말과 글이 혹여나 서로에게 상처가 되지 않도록 더 배려하고 더 아껴주면서. 어떤 이와도 맺어보지 못한 방식으로 특별한 관계를 맺어가고

있습니다. 아주 오래도록 함께 할, 글쓰기 동지가 되어
가고 있어요.

우리가 글쓰기를 말해도 될까요

진아

매거진이 3호까지 발행된 후, 남들의 글을 엮는 일에 한계를 느꼈습니다. 그때 저희는 '이제 그만하자.'라는 말 대신 '이제 우리가 한 번 써보자!'라고 마음을 맞췄어요. 함께 쓴 글은 채 두 달이 지나기 전에 투고 원고가 되었고, 생각보다 빨리 출판사와 계약을 했습니다. 다시 목차를 잡고 부지런히 글을 썼지요.

"우리가 글쓰기를 말해도 될까요?"

원고를 쓰던 초기에 서로에게 가장 많이 던진 질문이 었습니다. '과연, 우리가 글쓰기를 말해도 될까?' 문예 창작과를 졸업한 것도 아니고, 관련 이력이 대단한 것도 아니었어요. 그나마도 저는 국어교사, 선량 작가님은 다 수의 책을 집필했다는 것 정도가 우리가 가진 이력의 전 부였습니다. 저와 선량 작가님에겐 겨우 그 정도의 이력 이었지만 그마저도 없다던 정아 작가님은 더 자주 물으 셨지요. '제가 글쓰기를 말해도 될까요?'라고.

저희 글쓰기에는 대단한 기술이 없어요. 저나 선량 작가님, 정아 작가님 모두 살기 위한 방편으로 찾은 것 이 글쓰기였습니다. 잊고 싶지 않은 기억을 기록하고 싶 었고, 사라지는 '나'를 찾고 싶었고, 생을 긍정하고 사랑 하고 싶어서 시작한 일이었지요. 그 글쓰기가 브런치와 인스타로 이어졌고, 세 사람의 인연으로 이어졌습니다. '쓰다 보면 어딘가에는 닿겠지.'라는 막연한 생각으로 쓰 고 또 쓴 경험뿐, '이렇게 쓰면 잘 쓸 수 있다.'거나 '이렇 게 쓰면 잘 읽힌다.' 등의 기술적 조언은 할 수 있는 것이 별로 없습니다. 그게 이 책을 쓰는 내내 저희의 발목을 잡았어요.

그럼에도 끝내 쓰기로 했던 이유는, 아니 끝까지 쓸 수 있었던 것은 글쓰기로 경험한 삶의 변화를 온전히 나누고 싶은 마음 때문이었습니다. 글을 통해 '나'와 연결되고, '당신'과 연결되며, 그렇게 '우리'가 되고 조금 더 넓은 '세상'과 마주한 경험을 있는 그대로 전하고 싶었어요. 우리도 그랬으니 당신도 그럴 수 있다고, 온 마음을 담아 당신의 글쓰기를 응원하고 싶었습니다.

선량 작가님의 책 중에 《당신도 골방에서 혼자 쓰나요?》라는 책이 있어요. 벌써 다섯 권째 책을 펴내는 작가님의 글쓰기는 '골방'에서 시작되었습니다. 그 사실에 자주 위안을 받아요. 골방에서 혼자 쓰고 쓰던 시간을 지나, 이제는 누군가와 함께 쓰는 일에 주저함이 없는 작가님을 볼 때면 가끔 코끝이 시큰거립니다.

글쓰기의 바다를 항해하는 동안, 가끔은 망망대해에 혼자 던져진 것 같아 외로웠어요. 하지만 두 작가님과 연결되면서 저의 항해는 한 번도 외로움에 키를 내어주지 않았습니다. 가끔 혼자인 것 같을 때, 키를 조금만 돌리면 작가님들이 일으킨 잔물결과 마주할 수 있었어요. 아무것도 쓸 수 없을 때, 그저 그 물결에 몸을 맡기고 두둥실 흘러가다 보면 다시 몸을 일으켜 무언가를 쓰게 되었습니다. 기적처럼, 다시 쓸 수 있는 힘이 생겼어요.

계약서에 도장을 찍던 날, 멀리 도쿄에서 꽃다발이 배달되었습니다. 정아 작가님의 따스한 마음이 꽃잎 한 장

한 장에 고스란히 배어있었어요. 향기로웠습니다. 얼마 뒤, 남편에게 꽃을 사달라고 했지만 시큰둥하다는 선량 작가님의 인스타 게시글을 보자마자 뭔가에 홀린 듯 작가님께 꽃 선물을 보냈습니다. 보내는 마음이 봄날처럼 따스했어요. 글이 엮어준 우리 세 사람은 이제 그런 사이가 되었습니다.

서로에게 향기를, 온기를 전하는 데 주저함이 없는 사이요.

부러우면 지는 건데 질 수가 없네

정아

부러우면 지는 거다.

초 경쟁 사회를 대변하기에 이보다 더 좋은 말이 있을까요? 한물간 유행어이긴 하지만 여전히 마음속에 콕 박혀 있는 말입니다.

글을 쓰면서도 이런 순간들이 참 많이 찾아옵니다. 비할 바는 아니지만, 초대형 출판사의 베스트셀러 자리를 늘 차지 하는 저명한 작가분들의 책부터, 블로그나 브런치 같은 플랫폼에 꾸준히 글을 올려 출판의 기회를 얻은 일반인 작가분들의 책 그리고 인스타그램과 같은 SNS에서 반짝이는 한 문장을 발견할 때면 '종이 밖을 빠져나온 나의 볼품없는 글들을 다시 거둬들일 때인가?' 하루에도 수십 번 번뇌에 사로잡힙니다.

사실 부러운 마음은 멀리 있지 않습니다. 돌이켜 보면 학업이나 취업 같은 인생의 굵직한 터널을 지나올 때마다 부러움의 대상이 된 건 나의 가장 가까운 곳에서, 비슷한 환경과 조건 속에서 부지런히 나아가는 지근거리의 친구들이었습니다. 같이 시작했음에도 한 걸음 더 앞서간 친구들의 뒷모습을 보며 꼬리 내린 개처럼 쪼그라든 마음은 다음 도전의 비거리를 줄어들게 했죠.

그런데 이상한 일입니다. 글을 통해 만난 선량 작가님과 진아 작가님에겐 도저히 이길 수도, 질 수도 없는 자기장 같은 것이 형성된 듯한 느낌을 받거든요. 사실 이렇게 다른 시공간을 살면서 공동 저서를 같이 쓰게 된 저희 세 사람을 이어주는 유일한 공통점은 '글쓰기'뿐인데도 말이에요.

세 사람의 글을 한곳에 모아 놓고 보면 어쩜 이리 모양도 크기도 다른지. 각기 다른 삶을 거쳐 빚어낸 이야기는 서로의 손금만큼이나 다른 얼굴을 하고 있었습니다. 그런 저는 두 분의 글을 한참 바라보며 웃픈(웃기고 슬픈), 아니 슬쁜(슬프지만 기쁜 감정) 마음에 사로잡히곤 합니다.

어쩜……, 이렇게 진심이 가득한 글을 쓰셨을까. 결과물 뿐 아니라 글을 쓰는 과정에서 여러 번 카톡방을 지나갔던 초고들을 내 두 눈으로 똑똑히 보았기에, 마음에 꼭 맞는 한 줄을 찾기 위한 고민과 정성의 무게를 고스란히 알고 있기에. 언제나 순도 100%의 진심을 담아 빚어낸 그 글의 공동 저자로 서야 한다는 슬픔과 첫 독자가 된다는 기쁨이 마구 섞여 있다고나 할까요.

"이건 정말 작가님밖에 쓸 수 없는 글이에요."

"역시, 내가 좋아하는 작가님의 묵직한 문장이 좋아요!"

온갖 처음 보는 것 투성이인 놀이공원에 입장한 아이처럼 갓 지어낸 따끈한 작가님들의 글을 읽으면 환호성이 절로 나옵니다. 딱 그 기쁨의 무게만큼, 그렇게 쓰지 못한 저의 글을 등 뒤로 숨기고 싶은 서글픈 마음이 고개 드는 그 순간, 기다렸다는 듯 틈도 주지 않고 두 작가님의 칭찬 세례가 쏟아집니다.

"무슨 말씀을! 저는 작가님의 위트 넘치는 글이 좋은데요."

"개성 있는 문장이에요. 어디 가서 글 못 쓴다고 하지 마세요."

없던 자신감을 이렇게 빵빵하게 채워 주시다니. 그 어떤 뽕브라도 이렇게는 못 할 겁니다. '부럽다.' 한마디 하면, 질세라 꼬리에 꼬리를 물고 10배 20배로 되돌려 주시는 작가님들. 그렇게 우리는 《꼬마 검둥이 삼보》의 버터 호랑이처럼 서로의 꽁무니를 쫓아 칭찬에 칭찬을 더합니다. '내가 더 좋아해, 네가 더 대단해.' 하면서요. 누가 그 모습을 보고 있다면 아마 손발이 오그라들겠지만 뭐, 괜찮습니다. 모든 흑역사는 저희 단톡방에 봉인해 두기로, 할 수 있는 모든 문단속과 신신당부를 해 놨거든요(웃음).

이래서야 원. 암만 부러워도 질 수도 이길 수도 없습니다. 글로 만난 사이가 이렇게 무섭습니다.

여자 셋이 모이면 일어나는 일

정아

여자 셋이 모이면 접시가 깨진다?

웃자고 하는 소리가 아니라 옛날 사람들은 정말로 그렇게 믿었던 모양입니다. 여자(女)를 계집이라고 낮춰 부르는 것도 맘에 들지 않아 죽겠는데, 여자 둘을 붙여 (姦) 시끄럽다고 하질 않나, 그것도 모자라 셋이 모이면 (姦) 간사하다고까지 했으니 말이에요.

그 외에도 각종 혐오(嫌惡)와 질투(嫉妬), 요망(妖妄)한 것들의 앞에 여자를 세워 놓은 걸 보고 있자니 그 시대 한자 문화권이 여성을 바라보는 시선과 온도가 어땠을지, 또한 수천 년이 지난 지금도 여전히 활자 위에 살아 숨 쉬는 글자들을 마주할 때마다 마음이 여간 찜찜한 것이 아닐 수 없습니다.

하지만 여기, 둘이 모여도 소란스럽지 않고 셋이 모이면 더욱 든든한, 서로에게 피가 되고 살이 되는 여자들이 있습니다. 이 여자들로 말할 것 같으면, '안 쓰는 사람을 쓰게 하고, 못 쓰겠다.'고 나자빠진 사람도 일으키는 신비한 힘을 가진 자들입니다. 게다가 모이면 모일수록 그 힘은 더 커진다고 하니 이길 재간이 없는 여자들이기도 하지요.

사실 저는 책 쓸 자질이 없는 사람입니다. 같은 산을 두고도, 산을 오른 자와 우러러보는 자 사이에 존재하는 차이가 있듯, 글을 읽는 것과 쓰는 것에는 비할 바 없는 차이가 존재한다고 생각했습니다. 어느 날 바람이 들어 어찌어찌 한 번은 쓰게 되었지만, 두 번 쓰고 세 번 쓰고, 계속 쓰는 사람이 되기 위해선 다른 노력이 필요하다는 것을 알게 됐거든요.

게다가 글쓰기는 매번 도돌이표 같아서, 머릿속은 늘 '써야지' 세 글자로 가득한데 어느 날은 잘 써지는가 싶더니 또 어느 날은 써지지 않고, 책상 앞에 앉기 조차 힘든 날이 있는가 하면, 몇 시간을 앉아 씨름해도 마음에 꼭 맞는 첫 줄을 찾지 못해 헤매는 날도 있었습니다. 마치 일어서기만 하면 되는, 발목 높이의 얕은 물가에 빠져 허우적대는 모습이라고 할까요. 이렇든 저렇든 쓰기만 하면 되는데 그걸 못해서 안달복달하는 매일의 연속이었습니다. 쓰고 싶지만 쓸 수 없는, 희대의 불치병에 걸린 저를 구제해 준 건 다름 아닌 손에 손을 잡는 힘, 연대의 힘이었습니다. 나의 글을 읽어주는 이가 있고, 함께 쓰자며 도닥이는 사람들이 있다는 것. 약속한 날짜가 있고 아우르는 공통의 주제가 있다는 사실을 부표 삼아 포기했던 마음을 다잡고 백지 앞에 나설 수 있는 용기를 얻습니다. 그것이 지금 여기《쓰다 보면 보이는 것들》을 함께 쓰고, 마침표를 찍게 된 이유이기도 합니다.

때때로 생각합니다. '이런 남자가 있었으면 좋겠다.' 같은 곳을 바라보고, 같은 길을 향해 보폭을 맞춰 걸어가는 사람, 인생의 동반자를 고른다면 이런 사람이었으면! 물론 침실에서 세상 모르고 자고 있을 남편에겐 청천벽력 같은 소리일 테니 이번 생은 글렀고 조용히 다음 생에 이루려고 합니다.

혹시라도 고대 중국으로 돌아가 한자 형성에 한 획을 그을 위인이 된다면 이렇게 말해주고 싶네요.

여자 셋이 모이면 기어코 글을 쓰고 만다.
훈음은 '마음 연결할 책'으로 하면 어떨까요.

마음의 방향이 같은 사람

선량

    수많은 사람 중의 한 사람을 만나 사랑에 빠지는 일은 기적과 같습니다. 시간과 장소가 딱! 맞아떨어져야만 만날 수 있기 때문입니다. 그렇다고 해서 모든 사람과 인연이 되는 것 또한 아닙니다. 마음과 마음이 일치하여 같은 곳을 향해야만 미래를 약속하는 사이로 발전할 수 있지요.

    20대 중반 시절, 한눈에 반한 남자가 있었어요. 엘리베이터 문이 열리고 그가 걸어 나오는데 그 주위가 환하게 빛나는 것 같았지요. 쿵! 하고 심장이 내려앉는 기분. 살아생전 처음 느껴본 떨림으로 한동안 정신을 차리지 못했습니다. 하지만 그와 사랑이 이루어지진 못했어요. 그와 내가 마주친 시간과 장소는 일치했지만, 마음이 향하는 곳이 달랐거든요.

현실에서도 이렇게 인연을 만나기 힘든데 SNS에선 오죽할까요? 하루에도 수백, 수천 개의 포스팅이 올라옵니다. 습관처럼 '좋아요'를 누르고 그중에 좀 괜찮은 콘텐츠는 구독이나 팔로우합니다. 공감 가는 글이 있으면 댓글도 달면서 SNS 속 인간관계를 유지합니다. 이토록 가벼운 관계가 좀 더 가까워지는 경우가 있어요. 공개적인 댓글이 아닌 나만 볼 수 있는 디엠을 받을 때인데요. 광고처럼 의미 없는 디엠도 있긴 하지만, 마음을 담아 보내는 디엠은 아무 의미 없던 관계에서 썸으로 발전하는 계기가 되어줍니다. 그녀와 이렇게 인연이 되었습니다.

정아 작가님으로부터 디엠을 받은 건 혼자서 허술하게 만든 〈월간찌질〉 매거진을 발행한 후였어요. B급 감성의 매거진을 만들게 된 계기는 인스타그램에서 만난 어느 작가님과 우리들만의 '유쾌, 상쾌, 통쾌'한 매거진을 만들어 발행하면 재미있지 않았을까하는 생각을 했습니다. '인친의, 인친에 의한, 인친을 위한 매거진'을 만드는 게 첫 번째 이유였고, 안 유명하지만 글을 쓰는 마이너리티들만의 연대를 만들어보자는 게 두 번째 이유였어요. 그런데 함께 매거진을 만들기로 했던 작가님이 너무 바빠지신 바람에 함께 하지 못하게 되었지요. 제가 원고 편집을 하면 그가 디자인하기로 했었거든요. '조용히 그만둘까?' 고민도 했어요. 그런데 몇 개 되진 않았지만 이미 원고를 받아 편집을 시작한 상태였습니다. 나와 인친으로 연결된 그들과의 약속을 저버리고 싶지 않았어요. 내 삶이 좀 찌질하긴 하지만, 진짜 찌질한 인간으로 남고 싶지 않았던 모양입니다.

"좋아요. 그럼 저 혼자서라도 만들어 발행하겠습니다. 원고를 보내준 분들과의 약속을 지키고 싶어요."

저는 혼자서 원고를 편집하고, 디자인도 하고, 인스타그램에서 구독자도 모집했습니다. 이메일로 매거진을 발행하고, 후기 이벤트도 진행했어요. 그때 정아 작가님으로부터 디엠을 받았습니다.

"작가님~ 매거진을 방금 읽었습니다. 혼자서 이런 일

을 하시는 작가님을 보며 감동했어요. 큰 자극과 에너지를 얻었습니다. 다음엔 저도 함께하고 싶어요. 디자인적으로 필요한 일이 있다면 꼭 말씀해 주세요."

이번이 처음이자 마지막으로 만드는 매거진이라고 생각했어요. 아쉽긴 했지만, 혼자서는 도저히 자신이 없었거든요. 그런데 이런 찌질한 매거진을 보고 감동했다니⋯⋯. 마치 엘리베이터에서 걸어 나오던 그 사람처럼, 작가님에게서 받은 메시지가 반짝반짝 빛나고 있었습니다. 왠지 내가 바라보는 마음의 방향이 같은 사람일 것 같았지요. 그건 이리저리 재지 않고, 즐겁게 일하며, 이익보다는 배려를 먼저 생각하는 마음이었어요.

서로 카카오톡 아이디를 주고받았습니다. 가벼운 SNS 관계를 넘어 서로의 인생으로 성큼 들어간 순간이었습니다.

정아 작가님과 거의 1년 동안 함께 하고 있습니다. 인스타 친구들 매거진을 함께 만들어 발행하고, 브런치 공동 매거진을 만들어 함께 글을 쓰고, 우리가 고민하며 써 내려간 글이 더 많은 독자에게 연결되길 바라며 그 시간을 함께했습니다.

"전 아직 작가가 아니라서요."

　라고 겸손하게 말하고는 뒤돌아서면 그 누구보다도 치열하게 글을 쓰시는 작가님. 함께 글을 쓴 시간은 우리가 나눈 카톡만큼이나 삶과 인생을 나눈 시간이기도 했습니다. 현생에서 우리가 직접 만날 수 있는 날이 있긴 할까요? 내가 도쿄에 갈 일도, 작가님이 밀라노에 올 일도 없을 것 같아서 더 애틋한 것 같아요.
　물리적 거리는 멀지만, 함께 글을 쓰는 동안 마음의 거리는 더욱 좁혀졌습니다. 여전히 우리의 마음은 같은 곳을 향하고 있습니다.
　남편을 만난 곳은 네팔이었어요. 첫눈에 반했던 그 남자를 잊지 못해 마음고생하다가 서른이 되기 전에 자유롭게 살아보겠다며 호기롭게 해외 봉사를 떠났고, 남편은 대학 졸업을 1년 앞두고 경험을 쌓겠다며 해외 봉사를 떠났습니다. 저는 전라도, 그는 경상도. 저는 직장인, 그는 학생. 한국에 있었다면 절대 만날 수 없을 인연이었지요. 남편 말에 의하면 제 얼굴에서 환하게 빛이 났다고……. 해외에서 절대 연애를 하지 않겠다고 다짐했었는데, 그가 추구하는 마음의 방향이 저의 마음과 너무나 같아서, 제 마음을 활짝 열고 말았네요.

결혼 전엔 분명 마음이 같았는데, 지금은 왜 서로 다른 곳을 보며 딴소리만 하고 있는지 모르겠습니다. 역시 애틋한 관계를 유지하기 위해서는 물리적 거리가 좀 필요합니다.

글 친구가 있다는 것

선량

"문장에서 주어를 생략하라고 하는데, 그게 참 쉽지 않아요. 글을 쓰고 나면 '나'가 너무 많더라고요. 언제나 글쓰기는 어려워요."

제가 올린 글쓰기 관련 포스팅에 인친 한 분이 댓글을 달았습니다. 주로 책을 읽고 서평을 올리는 분이었는데, 정아 작가님과 만들었던 《인스타 친구들》 매거진의 첫번째 이야기, '코로나 시대의 우리들'에 원고를 보내주셨던

분이었어요. 글쓰기 관련 고민엔 또 가만히 있을 수 없지요. 저는 아주 자세히, 친절하게, 긴~ 댓글을 달았습니다.

"주어를 생략해도 의미가 전달된다면 '나'를 삭제하는 게 좋아요. '나'가 너무 많으면 오히려 문장이 불편해지거든요. 저는 꼭 필요할 때, 그러니까 그 문장을 강조하고 싶다거나, '나'가 드러나야 할 때만 쓰고 있어요. 글을 쓰고 다시 한번 소리 내서 읽어보세요. 그러면 반복적으로 써진 '나'를 찾을 수 있을 거예요."

얼마 후, 그녀가 고등학교 국어교사라는 사실을 알았습니다. 오 마이 갓!! 번데기 앞에서 주름을 잡았다니……. 순간 너무너무 창피해서 쥐구멍에라도 들어가고 싶었습니다.

"국어 선생님이라고 해서 모두 글을 쓰는 건 아니에요. 오히려 수업만 하고 글쓰기를 싫어하는 사람도 많아요."

라고 그녀는 말했지만, 국어 선생님 앞에서 잘 쓰는

방법을 논하는 건, 의사 앞에서 자연 치료를 말하는 격이었지요. 저는 문학 전공도 아니고 그렇다고 글쓰기를 배운 것도 아니라서 언제나 자격지심이 있었습니다. 삶의 모양이 모두 다르니, 절대 나의 글과 다른 사람의 글을 비교하지 말라고 말했지만, 정작 저는 그렇지 못했어요. 글 앞에선 한없이 작아지고 작아졌지요. 특히 전공자 앞에선 더욱더!

그때 만난 진아 작가님은 저에게 '확신'이었습니다.

"작가님~ 글 너무 좋아요. 공감하며 읽었어요. 개인적으론 조금만 가지치기하면 더 좋을 것 같아요."

"작가님, 이번 글은 내용이 너무 많이 들어간 것 같아요. 주요 내용만 두고 좀 더 간략하게 써보는 건 어때요?"

"작가님, 지금까지 글 중에 이번 글이 가장 좋아요."

지금까지 글을 쓰면서 누군가로부터 제 글의 피드백을 받아본 적이 없어요. 그게 가장 아쉬운 점이었지요. 그런데 두말하지 않고 제 글을 읽어주고 피드백해 주는 글 친구가 생겼습니다. 가장 좋았던 것은 작가님이 공부한 '글쓰기 방법론'이 제가 혼자 공부한 '방법론'과 일치할 때였어요. 그것은 저에게 문장에 대한 확신을 심어주었습니다. 제 글쓰기가 산으로 가지 않았음을, 느리긴 하지만 제대로 가고 있다는 것을 알려주는 나침반이었지요.

부끄러운 마음을 내려놓고 다듬어지지 않은 서로의 글을 보여줄 수 있는 사람, 글에 대한 피드백을 거리낌 없이 받아들일 수 있는 사람, 오랫동안 함께 글 친구로 남고 싶은 사람입니다.

사실, 능력 좋은 두 작가님과 함께 무료 매거진을 만들 때 굉장히 미안한 마음이 들었어요. 정아 작가님은 퇴근 후 집에 돌아가 육아와 살림을 해야 했는데, 우리의 매거진을 위해 밤을 새우며 디자인하셨지요. 진아 작가님은 육아 휴직 중에 어린 두 아이를 돌보며 매거진 원고의 교정 교열을 해주셨습니다. 아무런 대가도 없이 '글쓰기'라는 명분 하나로 열정 페이를 요구하는 것 같았지요. 어떤 형태로든 보상해주고 싶은 마음이었지만, 제 코가 석 자였어요. 그래서 더욱 우리의 글을 세상에 내놓고 싶었습니다. SNS에만 머물러 있는 글이 아니라 독자를 만나 좀 더 멀리 연결될 수 있는, 우리의 책을 기획하고 싶었어요. 우리가 SNS 속 관계를 넘어 서로에게 지대한 영향을 끼치는 관계로 발전한 것처럼요.

"작가님을 만난 건 제 삶의 터닝 포인트입니다."

진아 작가님과 카톡으로 잡담과 진담을 주고받다가 이 엄청난 고백을 받았습니다. 저는 한동안 멍~하니 앉아있었어요. 작가님으로부터 받은 게 더 많은데, 작가님은 자신이 더 많이 받았다고 합니다. 아무래도 우리는 성공과는 거리가 먼 사람들인 것 같아요. 성공하려면 이익과 손해를 따지고, 악착같이 기회비용을 따져야 하는데, 그런 것은 전혀 없고 오히려 시간과 비용을 더 쓰고 있답니다. (작가님들이 꼭 성공하길 진심으로 바라요.)

글을 쓰는 사람들은 출발한 항구가 모두 다릅니다. 각자 경험의 키를 잡고 글쓰기의 망망대해로 항해합니다. 목적지로 가는 길이 너무 멀고 힘들 때 필요한 것은 '함께'라는 돛을 높이 올리는 일입니다. 그 바다가 한없이 깊고 넓을지라도, 절대 외롭지 않을 것입니다. 저에겐 두 작가님이 있으니까요.

글로 연결된 우리의 이야기가 얽히고설켜 더 단단하고 다양한 사람들과 연결로 이어지기를 바랍니다.

초판 1쇄 발행 2022년 11월 21일
초판 2쇄 발행 2022년 12월 13일

지은이 진아, 정아, 선량
펴낸이 김영근
편집 김영근, 김혜인
마케팅 김영근, 김혜인
일러스트 손혜원
디자인 김영근
인쇄 팩토리B
펴낸곳 마음 연결
주소 수원시 권선구 매송고색로 526
   SG스퀘어 401, 402호
이메일 nousandmind@gmail.com
출판사 등록번호 251002021000003
ISBN 979-11-978445-1-5
값 15,500원